Diário das Garotas Fantásticas

um guia de sobrevivência

ESCRITO POR ALEXANDRA JOHNSON
ILUSTRADO POR KAREN DONNELLY

NOTA AOS LEITORES:

A editora e os autores eximem-se da responsabilidade por acidentes, machucados, danos ou perdas que possam acontecer aos leitores, como resultado das informações ou instruções contidas neste livro. Foram realizados todos os esforços para que os conselhos e as orientações contidas aqui sigam as regras de segurança e estejam de acordo com as leis.

Meninas supertalentosas usam sempre o bom-senso. Seja muito cuidadosa com tesouras, agulhas, equipamentos de cozinha e líquidos quentes. Peça permissão de um adulto antes de usar quaisquer ferramentas ou utensílios. Aja de acordo com a lei e as regras do seu país, da sua cidade e da sua casa! E, muito importante, tenha consideração com as outras pessoas.

Diário das Garotas Fantásticas

um guia de sobrevivência

TRADUZIDO POR MARLA STERN

lua de papel

Título original: The Girls' Handbook: Essential habilities a girl should have

Direção editorial: Pascoal Soto

Editor: Pedro Almeida

Assistente editorial: Marília Chaves

Tradução: Marla Stern

Preparação de texto: Camile Mendrot

Revisão: Gabriela Ghetti

Adaptação de projeto gráfico e diagramação: Osmane Garcia Filho

Capa: R2 Estúdio de Comunicação

Ilustrações de capa: R2 Estúdio de Comunicação

Dados Internacionais de Catalogação na Publicação (CIP)
(Câmara Brasileira do Livro, SP, Brasil)

Johnson, Alexandra
Diário das garotas : um guia de sobrevivência / escrito por Alexandra Johnson ; ilustrado por Karen Donnelly ; editado por Hannah Cohen ; produzido por Angie Allison ; [tradução Marla Stern]. — São Paulo : Lua de Papel, 2011.

Título original: The girl ' s handbook : essential habilities a girl should have

ISBN 978-85-63066-38-1

1. Literatura juvenil I. Donnelly, Karen. II. Cohen, Hannah. III. Allison, Angie. IV. Título.

10-14186 CDD-028.5

Índice para catálogo sistemático:
1. Literatura juvenil 028.5

2011

[Uma editora do grupo Leya]
Av. Angélica, 2163 - conj. 175/178
01227-200 - Santa Cecília - São Paulo - SP
Blog da Lua: www.leya.com.br/luadepapel
Twitter: @luadepapel_BRA / @EditoraLeya

SUMÁRIO

PREPARE-SE... CONCENTRE-SE... E ARRASE!

Este livro a fará se sentir poderosa, conhecendo muitas habilidades descoladas e com estilo e a tornará independente para sempre.

Você encontrará seis seções para ajudá-la a encontrar o tipo de talento que precisa desenvolver – desde tratar uma espinha na seção "Imprescindível para o dia a dia", cozinhar um espaguete na seção "Mestre-Cuca", até salvar a vida de alguém em "Pronta para emergências".

Siga os passos de cada habilidade e se guie pelas figuras que irão ajudá-la a dominar as técnicas.
É melhor se acostumar com seus novos supertalentos – seus amigos e sua família não vão mais reconhecer você...

SE LIGA!

Leia sempre estes boxes. Eles irão garantir que todas as suas novas habilidades serão realizadas seguramente. Neles você encontrará dicas para se manter fora de perigo.

FICA ESPERTA!

Procure por boxes como este nas páginas do livro. Cada um contém um ótimo conselho ou uma dica prática para lhe ajudar a aproveitar ao máximo suas novas super-habilidades.

IMPRESCINDÍVEL PARA O DIA A DIA

HABILIDADE 1

TER DENTES BRILHANTES

Siga essa rotina para ter dentes perfeitos:

1. Molhe a sua escova de dente e coloque uma bolinha (do tamanho de uma ervilha) de pasta de dente nela.

2. Pressione levemente a escova contra os dentes com as cerdas em um ângulo de 45º. Mova-a em pequenos círculos na parte externa de cada dente.

3. Repita os movimentos na parte interna dos dentes.

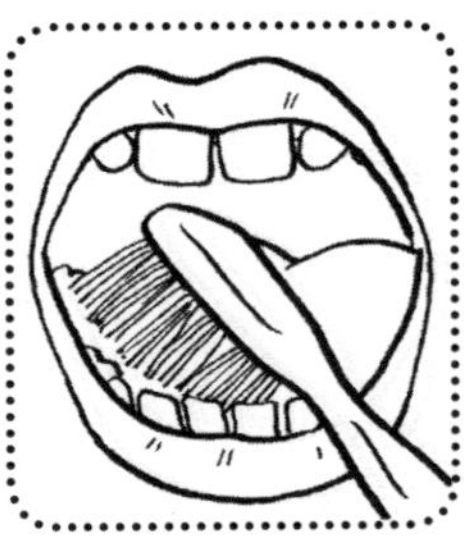

4. Para alcançar os dentes de trás, difíceis de escovar, feche um pouco sua boca – formando um "o" ao redor da escova de dente.

5. Escove a coroa dos dentes de trás (aquela parte de cima mais larga), tanto dos de cima quanto dos de baixo, com um movimento de vaivém.

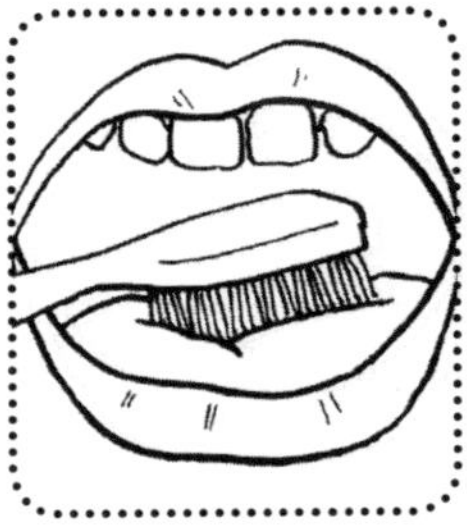

6. Esfregue sua língua para se livrar das bactérias e manter seu hálito fresco.

Por quanto tempo? Com que frequência?
Escove os seus dentes por dois minutos, no mínimo, três vezes por dia.

HABILIDADE 2

LAVAR AS MÃOS COMO A RAINHA DA LIMPEZA

Uma rápida parada embaixo da torneira não vai livrar suas mãos dos germes. Aqui está como lavá-las de forma higiênica:

QUANDO LAVAR?

★ Após ir ao banheiro.

★ Antes de tocar na comida.

★ Após tossir ou espirrar.

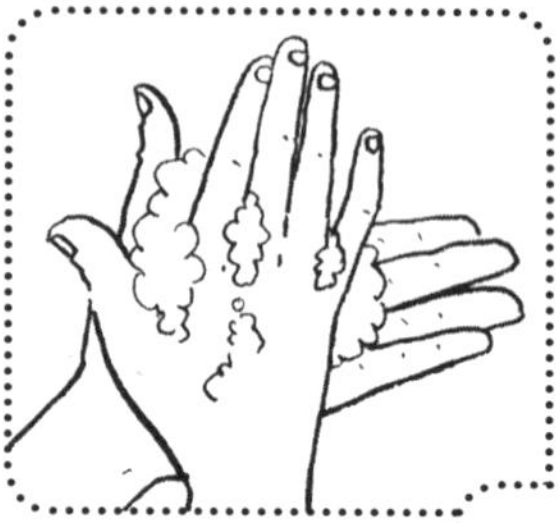

1. Molhe suas mãos com água. Coloque sabonete líquido ou passe a barra de sabão nelas.

2. Esfregue as palmas das mãos em movimentos circulares.

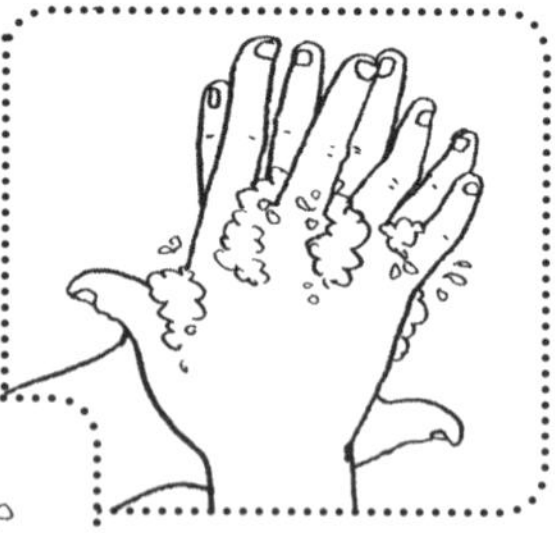

3. Esfregue a parte de trás de cada mão com a palma da outra, entrelaçando os dedos enquanto faz isso.

4. Junte as mãos entrelaçando seus dedos conforme mostrado aqui. Esfregue as mãos, fazendo um vaivém para baixo e para cima.

5. Dê as mãos, prendendo-as pelos dedos. Depois, vire-os, mexendo as mãos lateralmente para que a ponta dos dedos entre em atrito com a palma das mãos.

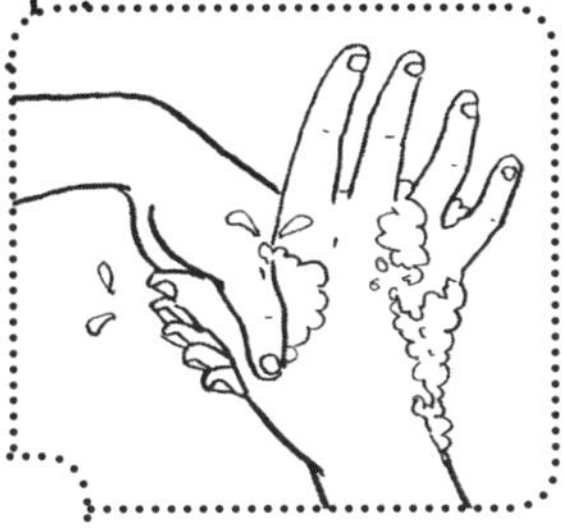

6. Segure um dedão e gire a outra mão ao redor dele.

7. Repita o passo 6 com o outro dedão.

8. Mantendo os dedos de uma mão bem juntos e a mão na posição de conchinha, gire-os ao redor de toda a área da palma da outra mão.

9. Repita o passo 8 com a outra mão.

10. Enxágue as mãos sob água corrente.

11. Seque bem com uma toalha.

FICA ESPERTA!

Uma lavagem de mãos bem higiênica deve durar pelo menos 20 segundos – isso é mais ou menos o tempo que se leva para cantar a música "Parabéns a você". Experimente cantar a música enquanto segue os passos acima. Quando terminar de cantar a música, você deve estar no passo 10.

HABILIDADE 3

DAR NÓ EM GRAVATA RAPIDINHO

Se você tiver que usar uma gravata para a escola, para uma fantasia ou apenas porque gosta de parecer estilosa, aprenda esse nó simples e poderá se arrumar sem ficar toda enrolada:

1. Levante o colarinho da camisa e feche o botão de cima.

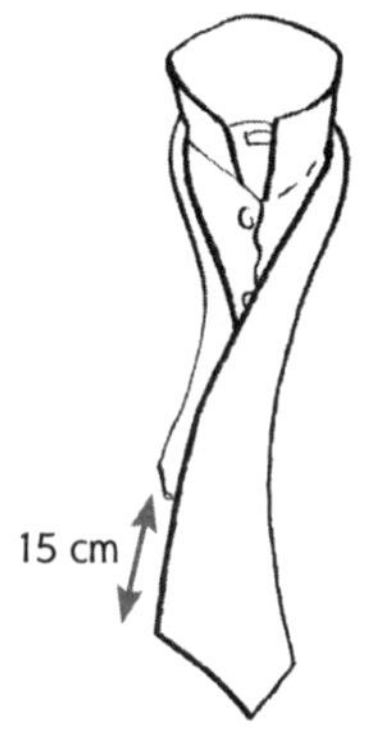

2. Coloque a gravata ao redor do pescoço – o lado largo dela deve estar à esquerda se você for destra (se você for canhota, o lado mais largo deve ficar à direita).

3. Puxe a ponta mais larga da gravata, de modo que ela fique aproximadamente 15 centímetros mais longa que o lado fino.

4. Pegue a ponta larga e passe por cima e depois por baixo da fina, de modo que ela esteja de volta ao lado onde começou. A parte de fora do largo deve estar para fora, como mostrado aqui.

5. Traga o final do lado largo de volta para cima do estreito, como mostra a figura.

6. Empurre o lado largo da gravata por dentro do buraco perto do pescoço, de modo que a parte de fora do lado largo esteja para fora. Você agora vai ter feito outro pequeno laço mais abaixo no lado fino da gravata.

7. Empurre a ponta larga da gravata para baixo por dentro da alça que você acabou de fazer no passo 6.

8. Segure o lado fino e puxe-o para baixo delicadamente enquanto empurra o nó em direção ao pescoço para apertá-lo.

HABILIDADE 4

MANTER UM CABELO BRILHANTE

Simplesmente passar o xampu não irá lhe proporcionar madeixas luminosas. Aqui está como ter um brilho inigualável:

1. Molhe seus cabelos com água morna, então massageie-os com uma pequena quantidade de xampu (uma bolinha do tamanho de uma moeda. Se você tem um cabelo muito comprido, use um pouco mais.)

2. Jogue seu cabelo para baixo e massageie a sua cabeça em círculos – isso ajuda seu cabelo a crescer saudável.

3. Enxágue bem, pois qualquer resíduo de xampu que ficar no cabelo pode fazê-lo parecer ensebado.

4. Aplique uma quantidade (também pequena) de condicionador, somente do meio para o fim do fio. Deixe-o no cabelo por cinco minutos.

5. Enxágue bem com água morna, finalizando com uma passada rápida de água fria.

FICA ESPERTA!

Para madeixas extrabrilhantes, esquente uma toalha (com um ferro de passar, por exemplo) e, então, siga os passos 1 a 3. Aplique uma camada fina de condicionador e depois enrole seu cabelo na toalha quente. Esquente ainda mais a toalha usando um secador de cabelo por dez minutos. Enxágue e seque-o normalmente.

HABILIDADE 5

FAZER AS UNHAS

Tenha unhas bonitas e saudáveis para toda a vida, dominando essa fabulosa técnica:

1. Mergulhe a ponta de seus dedos em água morna por dois minutos.

2. Corte cada unha, deixando-a reta na parte de cima. Certifique-se de que as unhas estejam mais ou menos do mesmo tamanho.

3. Lixe os cantinhos de cada unha (fazendo um vaivém) para arredondá-los.

4. Coloque uma pequena quantidade de emoliente de cutículas em cada unha – a pele na base dela – e massageie-a em movimentos circulares.

5. Empurre delicadamente a cutícula em direção à base da unha usando uma espátula de cutícula – um pauzinho de laranjeira também funciona.

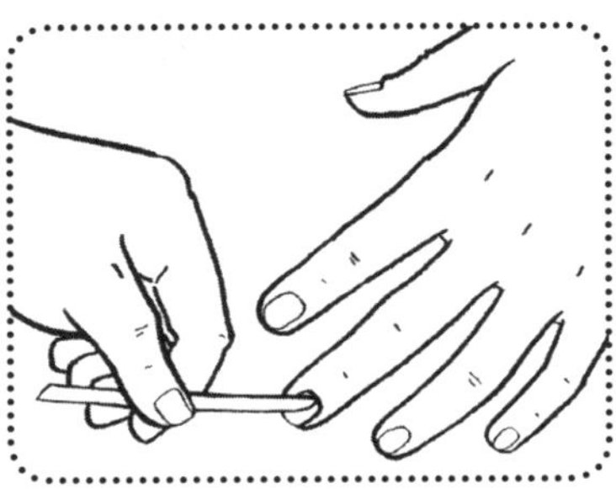

6. Remova o emoliente de cutículas passando removedor de esmalte nelas.

HABILIDADE 6

NAVEGAR PELA INTERNET COM SEGURANÇA

Surfar na internet no conforto de sua casa pode parecer completamente seguro, mas, infelizmente, pode haver perigos *on-line* escondidos – assim como na vida real. Saiba como evitá-los:

Proteja detalhes pessoais. Não compartilhe informações particulares *on-line*, mesmo com pessoas que você considera amigas, mas que só conhece virtualmente.

Mantenha seus dados em segredo. Seu nome completo (use um nome engraçado em vez disso), seu endereço, sua data de nascimento, o nome de sua escola, seu número de telefone e seu *e-mail*.

Afaste os intrusos. Se você receber mensagens de pessoas que não conhece, peça a seus pais ou à sua professora para lhe ajudar a bloqueá-las. Nas redes sociais, não adicione pessoas que você não conheça.

Deixe seu computador seguro. Não abra *e-mails* ou anexos de pessoas que você não conhece ou com mensagens estranhas – eles podem conter vírus e danificar seu computador.

Mantenha distância. Nunca encontre pessoalmente alguém que você contatou pela internet – a pessoa pode não ser quem ela diz.

SE LIGA!

Se alguém fizer perguntas pessoais, assediar ou maltratar você, conte a seus pais, à sua professora ou à polícia. Salve e-mails e mensagens dessa pessoa como prova.

HABILIDADE 7

GERENCIAR SEU DINHEIRO

Não jogue o seu dinheiro pelo ralo! Siga estas dicas e testemunhe seus centavos se multiplicarem muito, muito, muito!

Pense duas vezes. Você quer mesmo aquela saia nova? Pense sobre isso durante uma semana antes de comprá-la – desta maneira você saberá se é uma vontade passageira ou uma decisão sensata. Se você realmente quiser a tal saia, comece a economizar e compre-a quando tiver certeza de que pode pagar por ela.

Abra uma conta no banco. Peça a seus pais para ajudá-la a abrir uma conta para jovens no banco. Desta maneira, vai ser mais difícil ter acesso a seu dinheiro e você terá tempo para decidir se realmente precisa de alguma coisa.

Ganhe dinheiro. Pergunte a seus pais se eles pagariam a você para fazer algumas tarefas extras e conseguir algum dinheirinho a mais. Por que não se oferecer para lavar o carro (veja Habilidade 30) ou limpar as janelas (veja Habilidade 70) por algum dinheiro extra no bolso?

HABILIDADE 8

COLOCAR OS CADARÇOS E AMARRÁ-LOS

Essa é uma maneira fácil de colocar os cadarços no tênis e fará você parecer esperta e sempre bem-arrumada!

COLOQUE OS CADARÇOS DIREITINHO

1. Calce um dos pés do tênis (você pode achar mais fácil colocar o cadarço no tênis quando não o estiver calçando – se sim, coloque o tênis no chão na sua frente, com a parte do calcanhar próxima a você).

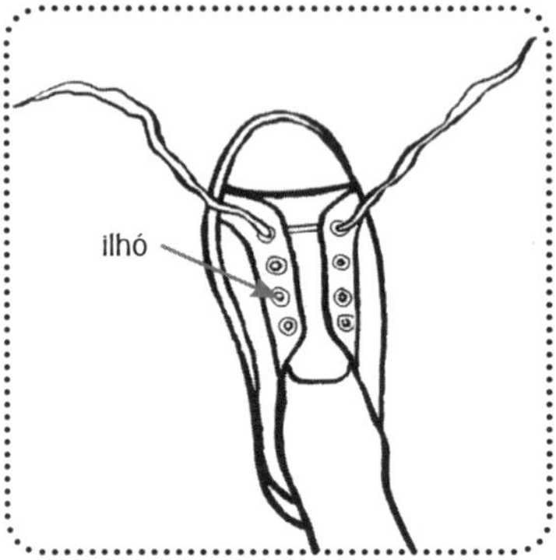

2. Passe o cadarço pelo buraquinho mais próximo da ponta do tênis.

3. Puxe o cadarço atravessando o tênis, na diagonal, e coloque-o no buraquinho oposto.

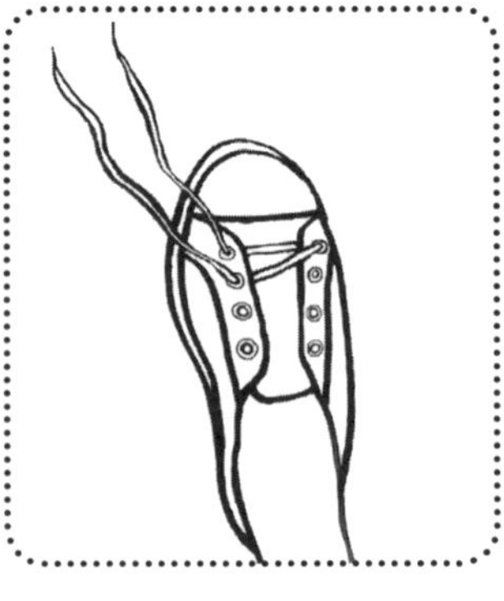

4. Puxe as pontas do cadarço até que elas estejam do mesmo comprimento.

5. Trabalhando na diagonal, coloque a ponta direita do cadarço no próximo buraco do lado esquerdo (de baixo para cima) e puxe-o através do buraco.

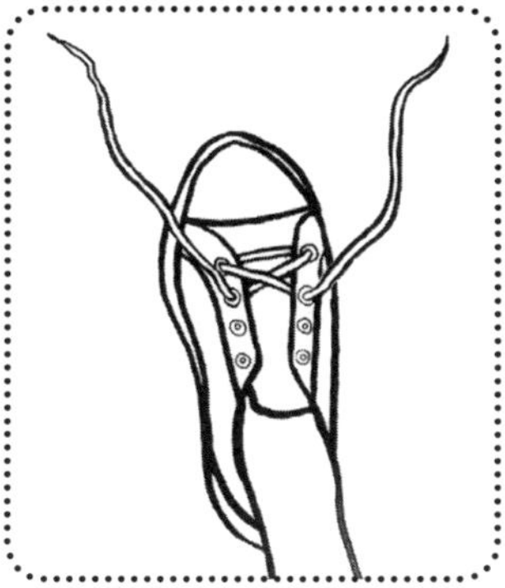

6. Coloque a ponta esquerda do cadarço dentro do próximo buraco à direita.

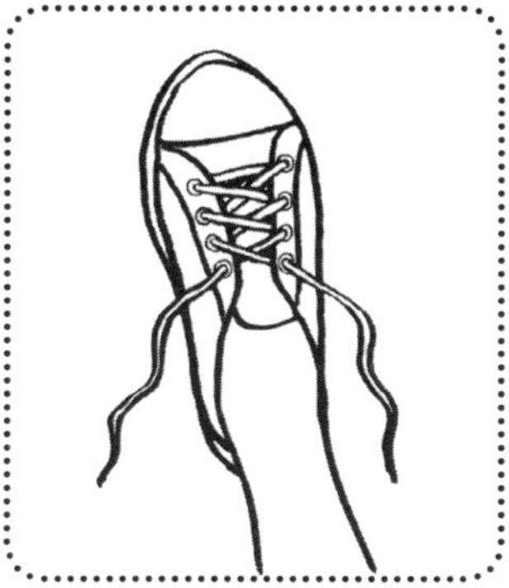

7. Continue cruzando em "x" as pontas do cadarço até que ele chegue ao final dos buraquinhos.

8. Repita com o outro pé do tênis.

AMARRE-OS COM FIRMEZA

Siga os passos abaixo para amarrar o cadarço (calce o tênis caso você tenha colocado o cadarço sem os seus pés dentro do tênis).

1. Segure as duas pontas do cadarço – uma em cada mão – e cruze-as.

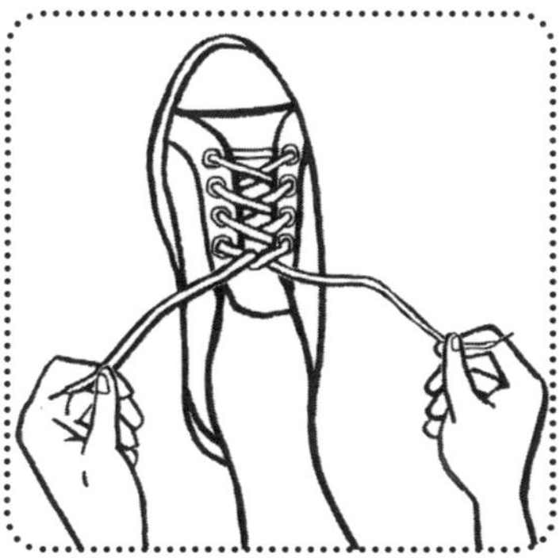

2. Coloque um dedo sobre o ponto em que os cadarços se cruzam. Enfie uma das pontas do cadarço por baixo e puxe-a na sua direção para fazer o nó, como mostrado aqui.

3. Coloque seu dedo indicador em cima do nó.

4. Faça um laço grande com uma das pontas do cadarço e segure-o na base com dois dedos.

5. Enrole o cadarço ao redor do laço que você acabou de fazer no passo 4.

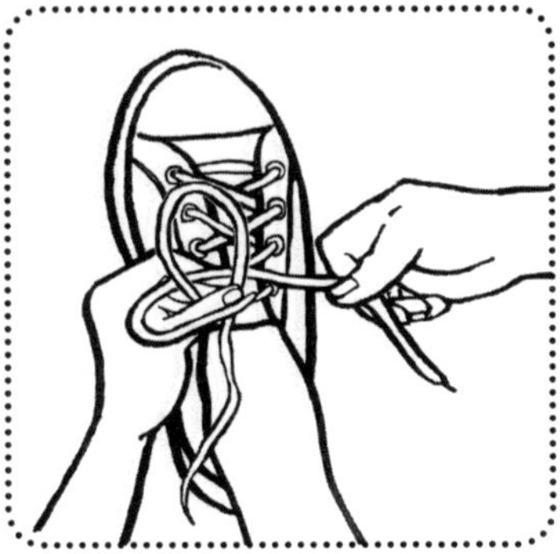

6. Use o dedo para ajudar a colocar o cadarço de volta através do laço, puxando-o na sua direção para fazer um segundo laço grande.

7. Puxe os dois lados para apertar o laço que você acabou de fazer e segurar o cadarço, assim eles ficarão amarrados o dia todo!

FICA ESPERTA!

Há centenas de maneiras diferentes de amarrar o tênis. Procure na internet por meios alternativos de amarrar seu tênis ou compre alguns cadarços coloridos para dar vida nova aos tênis velhos.

HABILIDADE 9

EVITAR ENJOO EM VIAGENS

Siga estas dicas para uma viagem sem problemas:

MELHOR LUGAR PARA SENTAR SE ESTIVER...

no carro: Sente-se no banco da frente do lado do passageiro.

em um barco: Sente-se em um deque na parte de cima, assim você poderá sentir o ar fresco.

em um avião: Pegue um assento na janela, em cima da asa, se possível, porque é onde você sentirá menos os movimentos.

FAÇA: Pegue ar fresco ao abrir uma janela, se você puder.

NÃO FAÇA: Não olhe pela janela para outros carros em movimento se você estiver viajando de carro. Em vez disso, tente fixar o olhar em um ponto fixo no horizonte.

NÃO FAÇA: Não leia ou jogue (cartas ou no computador).

FAÇA: Coma ou beba alimentos com sabores azedos e picantes.

FAÇA: Beba muita água para se manter hidratada durante a viagem.

HABILIDADE 10

TER SAPATOS BRILHANTES

Se os seus sapatos brilharem, você irá brilhar também. Aqui está o melhor jeito de poli-los com perfeição:

1. Coloque seus sapatos em cima de jornais velhos no chão (se seus sapatos têm cadarços, tire-os). Limpe os sapatos com um pano úmido para remover qualquer sujeira e deixe-os secar.

2. Enrole um pano macio e seco na sua mão, ao redor de seus dedos indicador e médio. Mergulhe-os em graxa – use uma com a mesma cor dos seus sapatos ou uma incolor, (nunca use graxa em sapatos de camurça. Limpe-os com uma escova dura em vez disso).

3. Passe o pano em um dos pés do sapato, fazendo pequenos movimentos circulares – comece do calcanhar, até que o sapato todo esteja coberto com uma fina camada de graxa. Faça a mesma coisa com o outro pé do sapato.

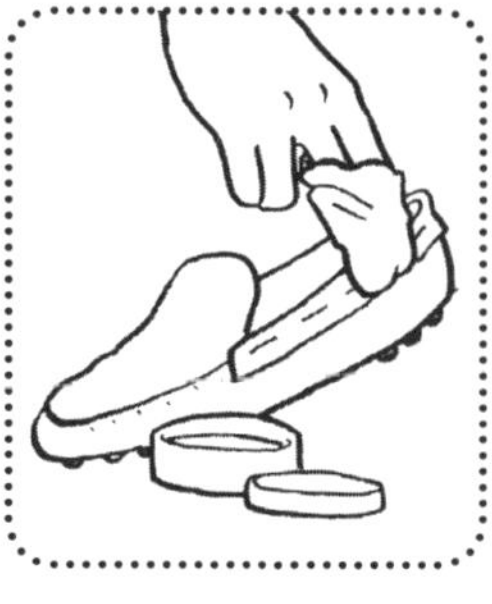

4. Deixe os sapatos para secar o máximo de tempo que puder para permitir que absorvam a graxa.

5. Coloque uma mão dentro do sapato e, com a outra, esfregue delicadamente todo o sapato com uma escova. Esse processo é chamado "polimento" e fará seus sapatos realmente brilharem.

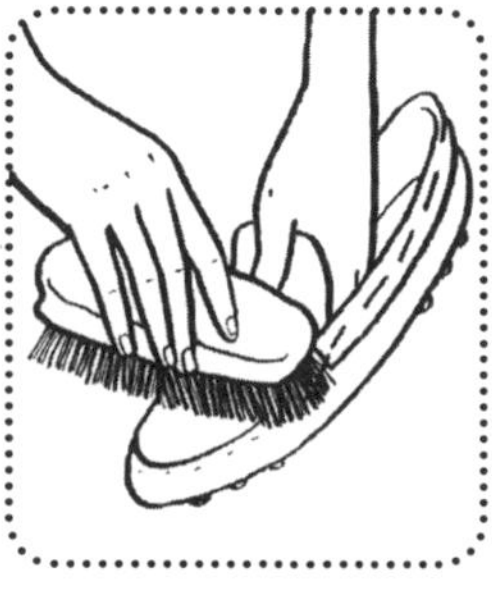

6. Faça a mesma coisa com o outro pé do sapato. Repita os passos 2 a 5 (Coloque os cadarços de volta se for o caso).

HABILIDADE 11

ACABAR COM O CHULÉ

Tênis fedido pode deixá-la com muita vergonha, mas com estas dicas você pode se livrar dos maus odores para sempre:

CORTAR O CHEIRO PELA RAIZ

Dica 1. Certifique-se de que seus pés estejam limpos, lavando-os todos os dias. Lembre-se de secá-los muito bem, especialmente entre os dedos.

Dica 2. Se seu tênis molhar, deixe-o em um lugar arejado (como perto de uma janela ou na sacada) e não o use até que esteja completamente seco.

Dica 3. Use meias feitas de fibras naturais, como algodão, pois elas irão absorver o suor melhor que os tecidos sintéticos.

MATADOR DE ODORES CASEIRO

Se o fedor não acabar, faça seu próprio matador de odores. Veja como:

1. Pegue um par de meias velhas e encha cada uma delas com uma colher de bicarbonato de sódio.

2. Feche cada meia pelo calcanhar, amarrando uma fita ao redor dela. Corte o resto de tecido de cada meia.

3. Coloque um matador de odor em cada tênis e deixe durante toda a noite. Pela manhã, o tênis deve estar livre do mau cheiro.

HABILIDADE 12

FICAR NO SOL SEM SE TORRAR

O sol possui perigosos raios UV (ultravioleta) que podem danificar sua pele. Siga estes conselhos e aproveite o sol de maneira esperta:

FAÇA: Aplique o filtro solar de 15 a 20 minutos antes de sair de casa. Use com fator de proteção solar (FPS) de pelo menos 30. Reaplique-o pelo menos a cada duas horas em todas as partes do corpo que estão expostas ao sol; reaplique também sempre depois que nadar.

NÃO FAÇA: Não fique no sol entre as 11h e as 15h em um dia quente.

FAÇA: Beba muita água enquanto estiver no sol e após voltar para casa. O sol pode deixá-la cansada e desidratada.

FAÇA: Use chapéu para proteger seu rosto e óculos de sol com um bom fator UV para proteger seus olhos.

NÃO FAÇA: Não se engane com uma nuvem – raios perigosos podem atravessar as nuvens e queimar sua pele mesmo em um dia nublado.

HABILIDADE 13

TER UMA DIETA SAUDÁVEL

Comer de forma saudável não só ajuda seu corpo a se desenvolver direito como a ficar cheia de energia também! Use o guia abaixo para saber como comer direito em todos os dias do ano:

Coma cinco porções por dia: frutas frescas e vegetais.

Coma muito: batatas, massas, pães e cereais.

Coma pequenas porções todos os dias: queijo, leite e iogurte.

Coma apenas de vez em quando: bebidas gaseificadas, salgadinhos, bolos, biscoitos e chocolate.

Inclua pequenas porções: feijão, frango, ovos, carne, peixe e nozes.

HABILIDADE 14

ELIMINAR ESPINHAS

Trate espinhas enormes e elimine-as pela raiz:

1. Coloque um espelho em uma área bem iluminada, como perto de uma janela.

2. Lave muito bem suas mãos (veja Habilidade 2).

3. Se o ponto não tem uma "cabeça" branca ou preta, siga direto para o passo 5.

4. Enrole seus dedos indicadores em um lenço limpo e use esses dedos para espremer delicadamente a espinha – isso deve retirar qualquer pus (branco ou amarelado) de dentro dela. Se nada sair, pare de apertar – afinal, você não quer irritar sua pele!

5. Ensope um montinho de algodão com loção adstringente e, então, passe-a no local.

6. Deixe a área secar completamente.

FICA ESPERTA!

Impeça as espinhas de aparecerem adotando uma dieta saudável. Vá para a Habilidade 13 e aprenda como comer bem e manter sua pele sempre linda.

HABILIDADE 15

ACABAR COM SOLUÇO

Hic.... Hic... Soluços não são só barulhentos e chatos – um caso grave pode deixá-la com o rosto bem avermelhado e sem ar. Leia abaixo para descobrir como acabar com eles:

O QUE SÃO OS SOLUÇOS?

Soluços acontecem quando há espasmos musculares no seu diafragma.

Tente as dicas abaixo até que os soluços parem:

★ Prenda a respiração e engula rápido três vezes. Isso é mais difícil do que parece, e pode ser a solução.

★ Morda um limão ou coma rapidamente uma colher de açúcar.

★ Tome goles de água o mais rápido que puder.

HABILIDADE 16

ESPIRRAR EDUCADAMENTE

Espirros e tosse podem mesmo espalhar germes ao redor, então é bom se precaver para não espalhar esses germes antes que eles causem mais problemas! Aqui está como:

1. Quando você sentir um espirro vindo, vire o rosto para um lado em que não tiver ninguém por perto.

2. Espirre tampando o rosto com um lenço limpo – não em suas mãos.

3. Se suas mãos ficarem cobertas com os germes, lave-as muito bem em seguida (veja Habilidade 2).

4. Dobre o lenço uma vez e, então, jogue-o direto na lixeira. Use um novo lenço toda vez que espirrar.

FICA ESPERTA!

Se você estiver gripada, leve um monte de lenços com você, o tempo todo, para evitar uma situação nojenta.

SE LIGA!

Você pode amar sua melhor amiga tanto que gostaria de compartilhar qualquer coisa com ela... Mas nunca divida lenços usados!

HABILIDADE 17

ARRUMAR A MOCHILA DA ESCOLA

Mal amanhece e você já está correndo, tentando comer torradas enquanto seca seu uniforme de educação física? Sim? Então transforme sua vida com estas dicas de organização:

★ Sempre arrume sua mochila na noite anterior ao dia do passeio ou de ir para a escola.

★ Tire tudo da mochila e jogue fora qualquer tranqueira. Tire as coisas que você não vai precisar no dia seguinte.

FICA ESPERTA!

Coloque comidas – especialmente as moles, como bananas – em um pote rígido para evitar que sua mochila fique repleta de sujeira.

★ Verifique o caderno de lição de casa para ver se você tem algum lembrete para levar algo especial, como comida ou cadernos.

★ Se você planeja ir a algum lugar após a escola, lembre-se de colocar uma troca de roupa (se você for precisar).

★ Antes de sair de manhã, olhe pela janela para ver se você irá precisar de guarda-chuva ou de óculos de sol, ou dos dois!

★ Se você não consegue carregar sua mochila facilmente, ela está muito pesada. Arrume-a novamente, deixando para fora quaisquer itens que você não precise realmente. Coloque as coisas mais pesadas mais perto do seu corpo – a mala parecerá mais leve se você fizer isso.

MESTRE-CUCA

HABILIDADE 18

MANTER-SE SEGURA NA COZINHA

A cozinha é cheia de acidentes prontos para acontecer, então, siga estas dicas de segurança para evitar uma calamidade culinária:

ZONA DE PERIGO: FOGÃO

★ Sempre peça ajuda a um adulto quando usar o fogão.

★ Nunca deixe os cabos de panelas quentes para fora do fogão ou em uma parte quente dele – você pode bater neles e as panelas caírem ou eles podem esquentar e queimar você.

★ Use luvas de forno quando tocar em panelas e assadeiras quentes.

★ Mantenha sempre o rosto para trás quando estiver derramando líquidos muito quentes – o vapor pode escaldar você.

★ Fique para trás quando abrir a porta do forno – você vai ser brindada com um sopro de ar quente.

★ Desligue o fogão quando tiver terminado de cozinhar.

SE LIGA!

Se uma panela pegar fogo enquanto você estiver cozinhando, não tente mexer nela ou apagar as chamas. Chame um adulto, saia da casa e ligue para 193 (veja Habilidade 74).

ZONA DE PERIGO: GERMES

★ Quando chegar em casa, após as compras, coloque imediatamente carne, peixe e produtos perecíveis na geladeira para evitar que estraguem.

★ Lave as mãos antes de tocar na comida. Se você tocar em alimentos crus (especialmente carne e ovo), sempre lave as mãos em seguida (veja Habilidade 2 para descobrir como lavar as mãos de modo higiênico).

★ Nunca coma as misturas de bolo ou biscoito antes de assá-las – elas podem deixar você doente, pois contêm ovos crus.

★ Lave frutas e vegetais muito bem antes de comê-los.

ZONA DE PERIGO: CORTES

★ Não deixe vidros ou facas embaixo da água com sabão na pia – as pessoas podem não ver que eles estão lá e se cortar.

★ Carregue facas afiadas de modo que o lado pontudo esteja apontando para o chão e com o fio de corte longe de você – dessa maneira você estará segura se tropeçar.

★ Sempre passe tesouras ou facas para outras pessoas pelo cabo.

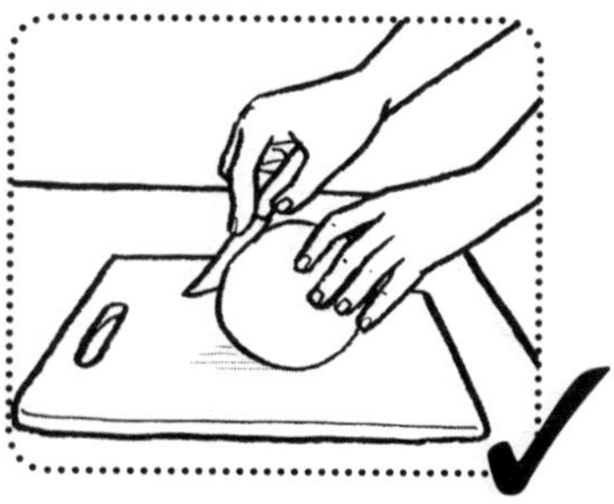

★ Certifique-se de que as tábuas de cortar estejam em uma superfície estável e lisa antes de cortar ingredientes – isso irá ajudar você a controlar a faca quando cortar e evitar que ela escorregue.

HABILIDADE 19

DESCASCAR UMA LARANJA

Aqui está o jeito sem desperdícios e rápido de descascar uma deliciosa e suculenta laranja:

1. Role a laranja na tábua de cortar – isso fará com que a casca se solte e vai deixá-la mais fácil de descascar.

SE LIGA!

Sempre peça ajuda a um adulto quando usar facas afiadas.

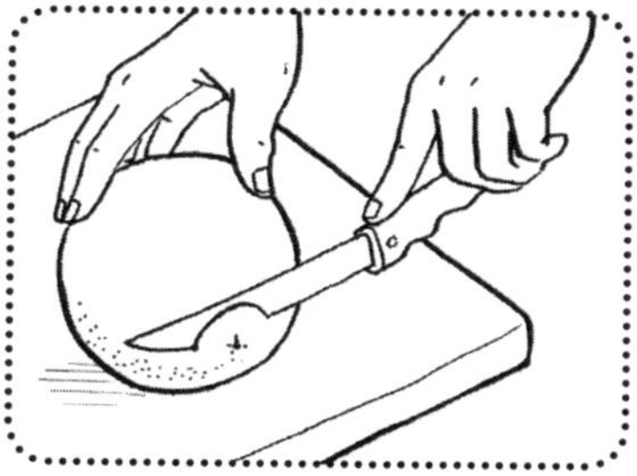

2. Segure a laranja de lado e, com uma faca afiada, corte cuidadosamente a parte de cima (a parte de cima da laranja tem um buraquinho marrom onde o ficava o galho).

3. Do mesmo jeito, corte a parte de baixo da laranja.

4. Corte a laranja ao meio e depois corte cada metade na metade novamente.

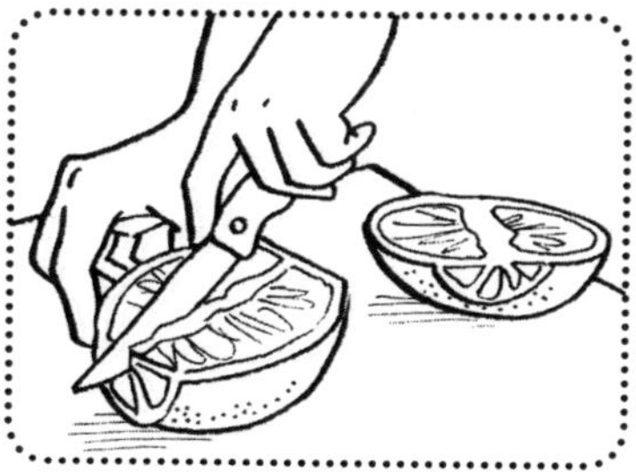

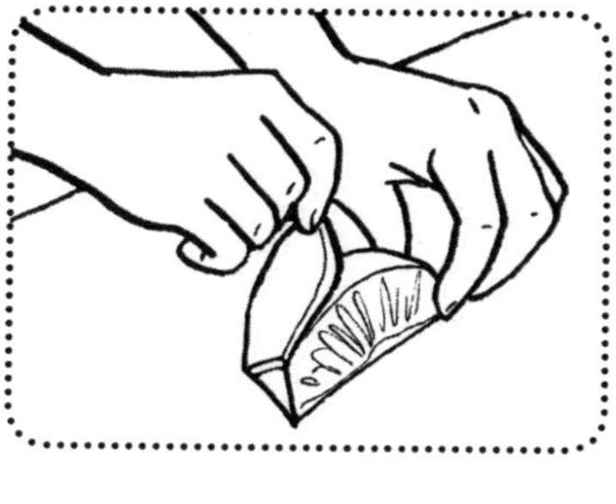

5. Tire a casca de cada um quarto da fruta e aproveite cada pedacinho da laranja.

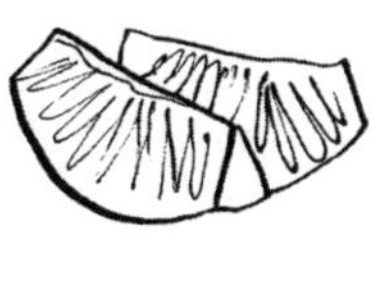

HABILIDADE 20

COZINHAR UM OVO

Siga estas regras simples para ter sempre ovos perfeitamente cozidos:

SE LIGA!

Sempre peça ajuda a um adulto quando estiver usando o fogão e tome cuidado redobrado quando estiver usando água fervente.

PARA FAZER OVOS POUCO COZIDOS

1. Tire o ovo da geladeira aproximadamente uma hora antes de cozinhá-lo – isso porque ovos muito gelados podem quebrar quando tocarem a água quente.

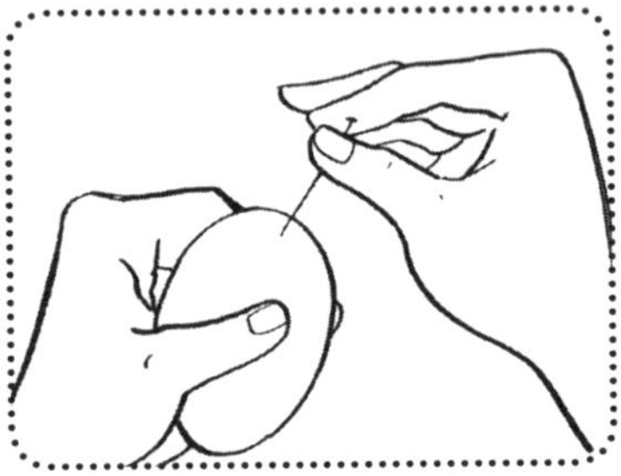

2. Faça um pequeno furo na base maior da casca do ovo – isso vai deixar o vapor escapar enquanto ele cozinha.

3. Coloque água em uma panela – o suficiente para cobrir o ovo todo por mais ou menos um centímetro.

4. Esquente a água até que levante fervura – ou seja, esteja borbulhando.

5. Coloque o ovo dentro da água com uma colher; abaixe-o para que fique submerso.

6. Ligue o cronômetro e cozinhe o ovo por quatro minutos – isso vai proporcionar uma gema mole e macia. Se você quiser uma gema mais firme, ajuste o cronômetro para seis minutos.

7. Desligue o fogo, então tire o ovo da panela com a ajuda de uma colher e coloque-o em uma xícara de café ou potinho próprio para ovo.

8. Rache a casca do ovo usando o cabo de uma colher de chá e retire-a para revelar a gema apetitosa dentro dele. Por que não servi-lo com torradas quentes com manteiga?

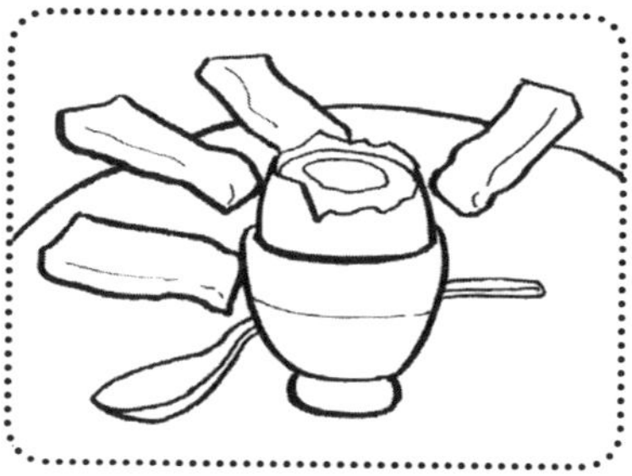

PARA FAZER OVOS BEM COZIDOS

1. Repita os passos 1 a 5 da página anterior.

2. Ajuste o cronômetro e cozinhe o ovo por sete minutos, então desligue o fogo.

3. Tire o ovo usando uma colher e segure-o sob água corrente fria para esfriá-lo. Então, deixe-o em um recipiente com água fria por dois minutos.

4. Tire a casca do ovo. Corte o ovo em quatro partes e sirva com uma salada fresca para um almoço extraordinário!

HABILIDADE 21

PICAR UMA CEBOLA

Pique uma cebola ao melhor estilo, seguindo esta técnica esperta:

SE LIGA!

Sempre peça ajuda a um adulto quando estiver usando facas afiadas.

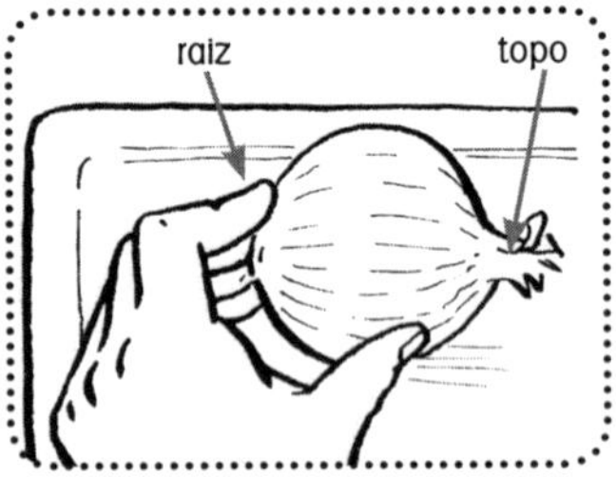

1. Coloque a cebola de lado, em uma tábua de cortar. Se você é destra, a raiz deve estar do lado esquerdo e a parte de cima voltada para o lado direito, como mostrado aqui. Se você é canhota, vire a cebola de modo que a raiz esteja voltada para o lado direito.

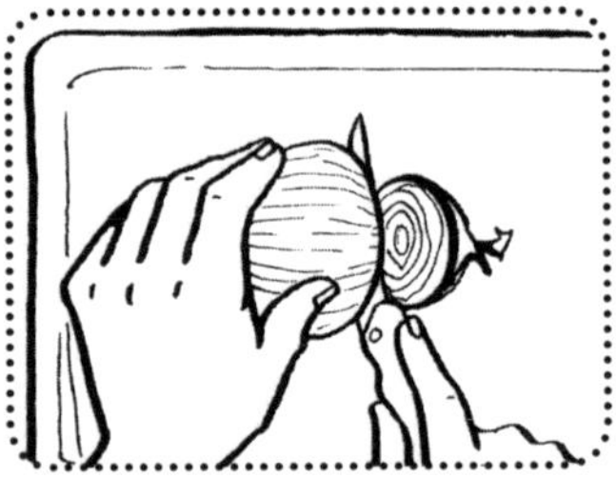

2. Usando uma faca afiada, corte a parte de cima da cebola.

3. Descasque a camada fina de pele marrom e jogue-a fora.

4. Corte a cebola ao meio, no sentido de cima para a raiz.

5. Coloque uma metade da cebola, com a face cortada para baixo, na tábua de cortar.

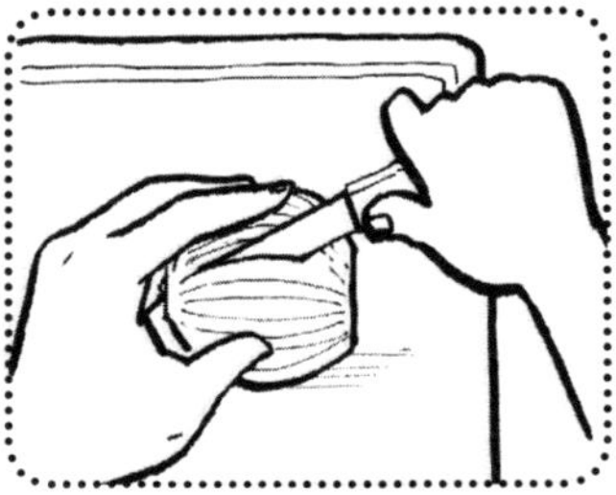

6. Com a faca apontando na direção da raiz, segure a cebola com a sua outra mão e cuidadosamente corte a cebola, começando do lado da raiz e terminando na parte de cima. Faça uma série de cortes horizontais. Repita até que a cebola esteja fatiada.

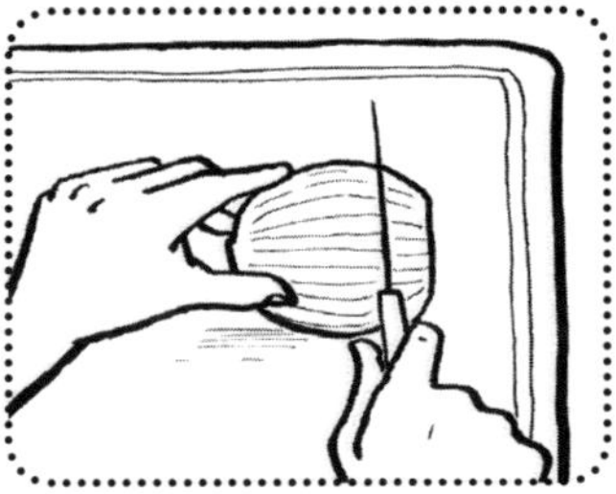

7. Usando seus dedos para segurar as fatias juntas, vire a faca e corte por toda a extensão da cebola, fazendo uma série de cortes verticais. Repita até que você chegue na raiz; jogue-a fora.

8. Repita os passos 5 a 7 com a outra metade da cebola.

FICA ESPERTA!

Você sempre luta com as lágrimas quando pica cebolas? Isso é por causa dos vapores que são liberados da cebola quando você a corta e fazem os olhos lacrimejarem. Para reduzir as lágrimas, corte a casca da cebola e, então, mergulhe-a na água por meia hora antes de picá-la. Evite coçar seus olhos enquanto estiver mexendo na cebola.

HABILIDADE 22

DESCASCAR UMA BATATA

Aprenda como descascar uma batata perfeitamente seguindo os passos abaixo:

SE LIGA!

Tenha muito cuidado quando estiver usando um descascador de legumes afiado.

1. Segure a batata com a mão esquerda se você for destra ou com a mão direita se você for canhota.

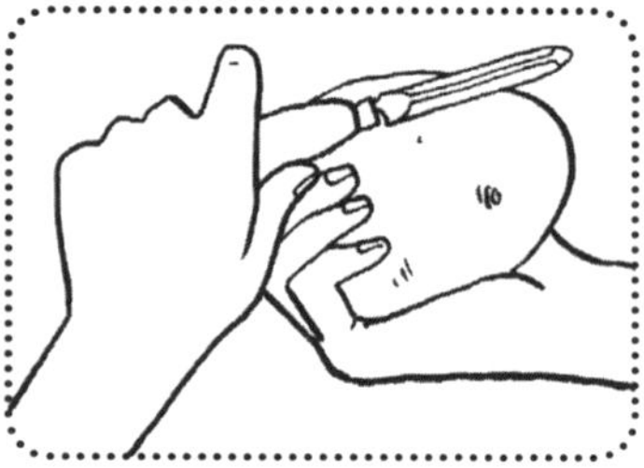

2. Segure o descascador de legumes firmemente com a outra mão. Posicione a lâmina de modo que ela esteja centralizada na parte de cima da batata.

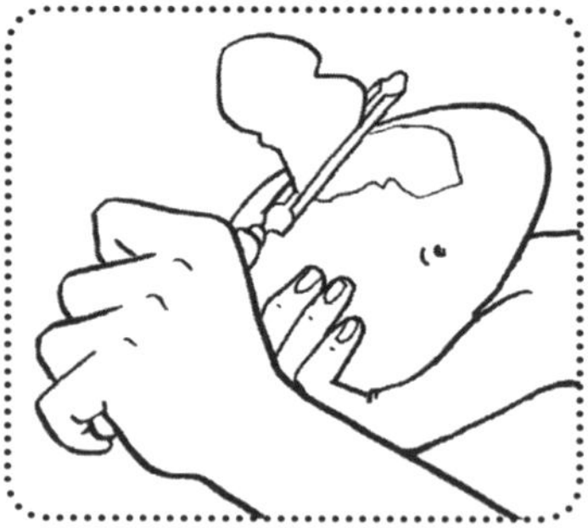

3. Empurre o descascador para baixo, deslizando para longe do seu corpo (na direção oposta). Descasque toda a metade de cima da batata desse jeito.

4. Vire a batata para o outro lado e descasque a outra metade da mesma maneira.

5. Vire a batata novamente (a parte descascada para baixo e a parte ainda a descascar para cima) e repita os passos 3 e 4.

6. Enxágue a batata em água fria e depois jogue as cascas no lixo.

HABILIDADE 23

FAZER UMA VITAMINA

Se você está com uma amiga em casa, por que não impressioná-la fazendo uma deliciosa vitamina para o lanche? Aprenda como:

SE LIGA!

Sempre peça ajuda a um adulto quando for usar o liquidificador.

VOCÊ VAI PRECISAR DE

- 1 banana cortada ao meio
- 1 copo de leite
- 1 pote pequeno de iogurte natural
- 1 pote pequeno de frutas vermelhas (podem ser congeladas) ou uma maçã
- 1 colher de chá de mel

Serve duas pessoas

1. Coloque todos os ingredientes juntos no liquidificador.

2. Certifique-se de que a tampa do liquidificador esteja correta e firmemente encaixada. Ligue-o.

3. Bata até que a mistura esteja cremosa e não haja mais pedaços grandes de fruta.

4. Divida em dois copos e sirva.

FICA ESPERTA!

Por que não fazer uma vitamina personalizada, experimentando vários ingredientes diferentes? Tente usar sorvete em vez de iogurte para saborear uma vitamina deliciosamente cremosa.

HABILIDADE 24

COZINHAR UM ESPLÊNDIDO ESPAGUETE

Aprenda como cozinhar espaguete e você nunca mais vai ter que aguentar seu estômago roncando:

SE LIGA!

Sempre peça ajuda a um adulto quando for usar o fogão.

1. Encha uma panela grande com água e coloque-a no fogão. Acenda o fogo e deixe a água ferver – até que você possa ver a água borbulhando.

2. Estime aproximadamente 75 gramas de espaguete para cada pessoa adulta e 50 gramas para crianças.

3. Segure todo o espaguete por uma ponta. Coloque a outra ponta na água até que o espaguete toque o fundo da panela. Tenha cuidado para não espirrar água em você quando fizer isso. E mantenha as mãos bem longe da água.

4. Logo em seguida, quando o espaguete começar a ficar mole, use uma colher de madeira para empurrá-lo mais para dentro da água.

5. Verifique as instruções de preparo na embalagem do espaguete e ajuste um cronômetro de acordo com o tempo indicado – normalmente demora de nove a dez minutos.

6. Quando o cronômetro desligar, use um garfo para tirar um fio do espaguete da panela. Sopre-o e, então, experimente para ver se já está pronto. Seja cuidadosa – ele vai estar muito quente, então espere até esfriar.

Um espaguete cozido perfeitamente deve ser macio, mas firme – é o chamado "al dente". Que significa que está macio o suficiente para comer, mas ainda firme o bastante para morder. Se você gosta de um espaguete mais macio, apenas cozinhe por um ou dois minutos a mais. Desligue o fogão quando estiver cozido.

7. Coloque o escorredor na pia e, usando luvas de forno, tire a panela do fogão e despeje o macarrão no escorredor. A água fervendo irá escorrer.

8. Chacoalhe o escorredor de um lado para o outro até que o espaguete tenha escorrido bem. Está pronto para comer!

FICA ESPERTA!

Para comer, esquente um vidro de molho de macarrão seguindo as instruções da etiqueta, então misture com o espaguete. Coloque um pouco de queijo ralado em cima para dar mais sabor, e é só saborear!

HABILIDADE 25

PREPARAR PANQUECAS

Panquecas são um ótimo lanche, não apenas em um dia especial, mas em qualquer dia da semana. Leia abaixo para descobrir como fazê-las:

SE LIGA!

Sempre peça ajuda a um adulto quando usar o fogão.

VOCÊ VAI PRECISAR DE

- 110 g de farinha de trigo
- uma pitada de sal
- 2 ovos
- 200 ml de leite misturados a 75 ml de água
- 50 g de manteiga sem sal

Rende de 12 a 14 panquecas

1. Coloque a farinha e o sal em uma tigela grande.

2. Abra um pequeno buraco na farinha e quebre os ovos ali no meio (veja Habilidade 26 para descobrir como quebrar um ovo).

3. Misture a farinha e os ovos usando um misturador. Gradualmente acrescente o leite na tigela, mexendo o tempo todo – você agora deve ter uma mistura lisa sem bolinhas de farinha.

4. Escolha uma frigideira leve para fritar as panquecas – uma frigideira pesada pode ser difícil de manusear.

5. Ligue o fogo. Derreta a manteiga na frigideira.

6. Quando a manteiga estiver derretida, derrame-a na mistura e mexa bem.

7. Use uma colher grande ou uma concha para derramar uma pequena quantidade de mistura no centro da frigideira.

8. Incline a frigideira para os lados para que a mistura cubra todo o fundo da frigideira com uma camada fina.

9. Deixe cozinhar por aproximadamente um minuto, então chacoalhe a frigideira de um lado para o outro para que a panqueca deslize livremente.

10. Tire a frigideira do fogão, segure-a bem longe do corpo. Agarre firmemente o cabo com as duas mãos.

Com um movimento rápido e suave dê uma jogadinha na frigideira para cima e para baixo de modo que a panqueca vá para cima, vire e caia do outro lado na frigideira – isso requer um pouco de prática!

11. Deixe a panqueca cozinhar por um minuto e depois a coloque em um prato.

12. Repita os passos 7 a 11 para fazer mais panquecas. Se as panquecas começarem a grudar na frigideira, basta derreter um pouco de manteiga nela. Panquecas prontas, desligue o fogo e sirva-as com limão e açúcar.

FICA ESPERTA!

Se a sua tentativa de virar a panqueca falhar, apele para o método aprendiz: deixe a frigideira no fogo e, com a ajuda de uma espátula grande, vire a panqueca.

HABILIDADE 26

QUEBRAR OVOS IMPECAVELMENTE

Quebrar ovos parece complicado, mas é apenas uma questão de dominar os passos abaixo:

1. Bata delicadamente o ovo na borda de um recipiente para fazer uma pequena rachadura na casca.

2. Segurando o ovo em cima do recipiente, empurre os dedos das duas mãos em direção à rachadura, fincando-os na casca.

3. Quando os seus dedões tiverem quebrado a casca, separe as metades, para que o conteúdo do ovo caia no recipiente.

SEPARANDO A CLARA DA GEMA

Para algumas receitas, você precisa somente da gema ou somente da clara do ovo. Leia abaixo para descobrir como separar as duas:

1. Quebre o ovo, então derrame o conteúdo de uma das metades da casca na outra metade (em vez de no recipiente). Mantenha a gema intacta, mas deixe a clara cair no recipiente.

2. Transfira a gema de uma casca para outra até que toda a clara tenha caído no recipiente e a gema tenha sobrado na casca.

SE LIGA!

Lave muito bem as mãos após tocar em um ovo cru (veja Habilidade 2).

HABILIDADE 27

PREPARAR UM CHÁ PERFEITO

Preparar chá usando saquinhos ou folhas soltas é uma fina arte. Aqui está como fazer isso com perfeição:

1. Esvazie a sua chaleira e encha-a com água fria e fresca e então coloque para ferver.

SE LIGA!

Sempre peça ajuda a um adulto quando for usar água fervente.

2. Coloque uma pequena quantidade da água recém-fervida em um bule. Movimente gentilmente o bule em movimentos circulares para que a água quente o deixe morno, e então jogue a água fora.

3. Coloque um saquinho de chá ou uma colher de folhas para cada pessoa dentro do pote. Acrescente um saquinho ou uma colher extra de folhas, então encha o bule com a água que sobrou na chaleira. Mexa e coloque a tampa de volta.

4. Deixe descansar por não mais que três minutos – porque mais que isso vai fazer o chá ficar amargo.

5. Segurando a tampa firmemente no lugar com uma das mãos, coloque o chá em xícaras – use uma peneira para pegar as folhas de erva se você usou folhas soltas. Sirva com leite frio e açúcar se você gostar.

HABILIDADE 28

ARRUMAR A MESA

Se te pedirem para arrumar a mesa para o jantar, aqui está como fazer isso do mesmo modo que os restaurantes:

a. Coloque um garfo à esquerda do prato de jantar. Se forem servir entrada, coloque um garfo menor, chamado de "garfo de entrada", à esquerda desse.

b. Coloque uma faca à esquerda do prato de jantar. Se forem servir entrada, coloque uma faca menor, chamada de "faca de entrada", à direita dessa.

c. Se servir uma sopa como entrada, coloque a colher de sopa aqui.

d. Coloque a colher de sobremesa deitada acima do prato, com o cabo para a direita. Coloque o garfo de sobremesa abaixo dela, com o cabo para a esquerda.

e. Coloque os copos acima das facas, para a direita.

f. Coloque um prato menor à esquerda dos garfos para o pão. Dobre um guardanapo na metade nesse prato e coloque a faca de manteiga em cima dele.

HABILIDADE 29

FAZER UM BOLO MACIO

Quando você conseguir fazer essa receita com perfeição, esse bolo básico será realmente delicioso para a hora do chá:

VOCÊ VAI PRECISAR DE

- 175 g de farinha de trigo
- 1 colher de chá de fermento
- 3 ovos grandes
- 175 g de açúcar
- 175 g de manteiga, mais um pouco para untar
- ½ colher de chá de essência de baunilha
- geleia de sua preferência
- açúcar de confeiteiro para polvilhar

SE LIGA!

Sempre peça ajuda a um adulto quando for usar o forno.

1. Tire a manteiga da geladeira pelo menos duas horas antes de começar a cozinhar, para que ela atinja a temperatura ambiente.

2. Pré aqueça o forno aproximadamente a 170°C.

3. Com uma pequena quantidade de manteiga, unte duas assadeiras de 20 centímetros de diâmetro.

4. Forre cada assadeira com um círculo de papel manteiga.

Para fazer isso, coloque a assadeira em cima do papel e corte ao redor do fundo dela para conseguir o tamanho correto.

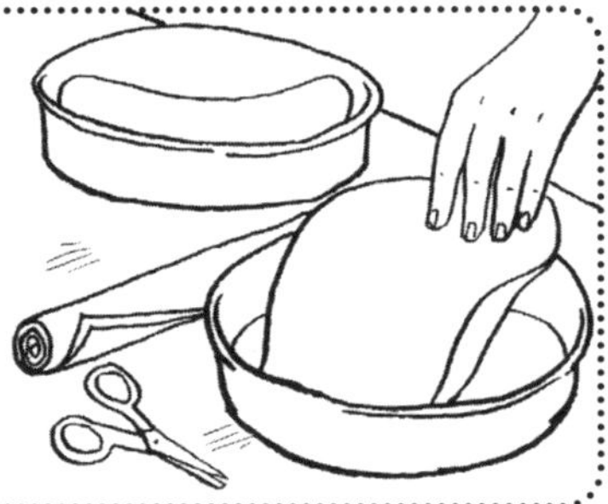

5. Peneire a farinha e o fermento no recipiente para misturar.

Esse processo de peneirar adiciona ar à farinha, o que irá deixar o seu bolo leve e macio.

6. Quebre os ovos em cima da farinha (vá para o Habilidade 26 para descobrir como quebrar um ovo).

7. Adicione o açúcar, a manteiga e a essência de baunilha.

8. Use uma colher de madeira para misturar tudo até que esteja liso.

9. Divida a mistura entre as duas assadeiras. Alise as superfícies com o lado reto de uma faca.

10. Coloque ambas as assadeiras com cuidado na prateleira do meio do forno e asse por 30 minutos – não abra a porta do forno durante esse tempo porque isso pode impedir que os bolos cresçam.

11. Após 30 minutos, use luvas de forno para retirar as assadeiras e deixe-as esfriar.

12. Verifique para ter certeza de que cada bolo esteja assado. Para fazer isso, enfie uma faca no centro de cada bolo. Se a faca sair limpa, sem gotas de massa presas a ela, o bolo está cozido. Desligue o forno e vá direto para o passo 13.

SE LIGA!

Seja muito cuidadosa para não tocar as assadeiras – elas estarão quentes.

Se seu bolo precisa de mais tempo de cozimento, com cuidado coloque-as de volta no forno para mais cinco minutos e então repita o teste acima. Desligue o forno quando o bolo estiver pronto.

13. Após cinco minutos, coloque as suas luvas de forno e com cuidado vire os bolos de cabeça para baixo em uma grade. Tire o papel e deixe esfriar completamente.

14. Quando estiver frio, vire um bolo de volta e espalhe uma camada fina de geleia em cima dele. Cuidadosamente coloque o outro bolo em cima dele.

15. Usando uma peneira, polvilhe a parte de cima do seu bolo supermacio com açúcar de confeiteiro e sirva.

FAÇA VOCÊ MESMA

HABILIDADE 30

LAVAR UM CARRO

Torne-se uma lavadora de carros de primeira classe e você pode logo dobrar o seu dinheiro oferecendo os seus serviços de limpeza para a sua família e seus vizinhos:

1. Pegue roupas velhas e um par de luvas de borracha.

2. Ligue uma mangueira de jardim à torneira mais próxima e jogue água em cima do carro todo – isso deve remover a maior parte da sujeira e do pó (se você não tiver uma mangueira, use um balde d'água e um pano).

3. Encha um dos baldes com água limpa e fria da torneira e o outro com uma mistura de xampu para carro e água morna.

VOCÊ VAI PRECISAR DE

- um par de luvas de borracha
- uma mangueira ligada a uma torneira (se disponível)
- 2 baldes
- xampu para carro
- uma esponja
- uma escova dura
- um couro de camurça (um pano macio e limpo também serve)
- 2 panos macios e limpos
- um aspirador de pó

4. Ensope a esponja na água com sabão e limpe o teto do carro movendo a sua esponja em grandes círculos.

5. Passe a esponja no resto do carro do mesmo jeito na seguinte ordem: janelas, portas, capota, porta-malas, calotas e rodas. Quando a esponja ficar suja, mergulhe-a no balde de água fria para enxaguá-la. Quando a água do balde ficar suja, troque-a.

6. Use a escova para tirar a sujeira dos pneus e das calotas. Não a esfregue na pintura, pois pode estragá-la.

7. Enxágue todo o sabão do carro usando a mangueira ou um balde de água fria limpa. Seque as janelas e a pintura passando por elas o couro de camurça.

8. Mergulhe um pano macio na cera para carro e esfregue-o delicadamente na pintura, cobrindo áreas pequenas de cada vez. A cera fará a pintura parecer "nublada". Use outro pano macio para esfregar a cera até que o carro fique bem brilhante. Isso é chamado "polimento".

9. Finalize o seu superserviço de limpeza de carro aspirando os bancos e o chão da parte interna.

Sente-se e admire o seu trabalho.

SE LIGA

Sempre peça ajuda a um adulto quando for usar equipamentos elétricos, como aspiradores de pó.

HABILIDADE 31

PASSAR LINHA NA AGULHA

Antes que você possa consertar as roupas, você precisar dominar o talento de colocar linha em uma agulha:

1. Segure a agulha em cima de um pedaço de papel branco para que você possa ver onde o buraco ou "olho" está.

2. Corte um pedaço de linha (aproximadamente do tamanho do seu braço) e umedeça um pouco uma das pontas com saliva – isso impede que as fibras desfiem e torna mais fácil passar a linha dentro do olho da agulha.

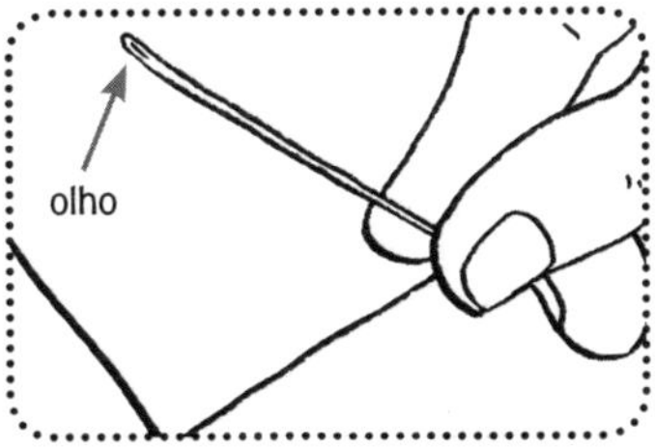

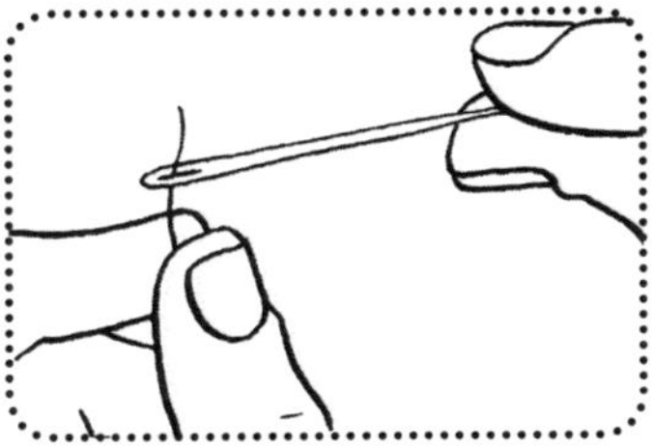

3. Segurando a agulha sobre o papel com uma das mãos, pegue a linha na sua outra e, de baixo para cima, empurre-a através do olho, como mostrado aqui.

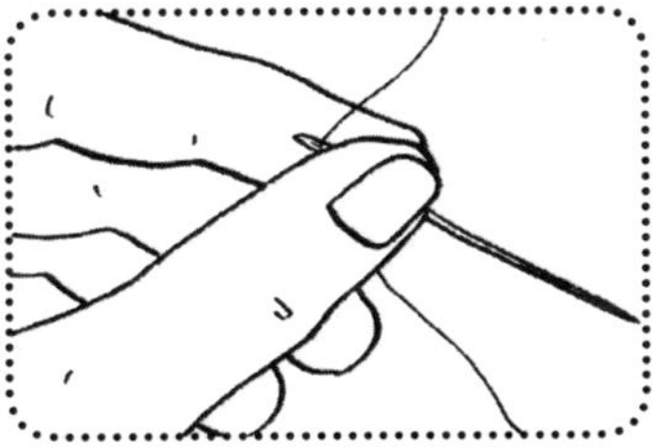

4. Segure a ponta da agulha perto do olho com os dedos indicador e dedão de uma das mãos.

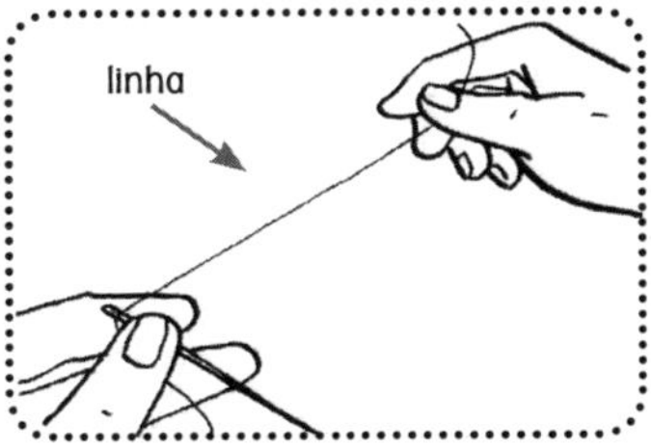

5. Pegue a ponta da linha com a outra mão e puxe-a através do olho, até que você tenha um comprimento de aproximadamente 15 centímetros. Agora você está pronta para costurar.

HABILIDADE 32

ENCHER PNEUS DE BICICLETA

Todos os pneus de bicicleta murcham em algum momento, mas se você aprender como enchê-los novamente, estará pronta para sair super-rápido. Leia abaixo para descobrir como:

CONHECIMENTO "REDONDAMENTE" IMPORTANTE

Andar com a sua bicicleta regularmente vai fazer com que a pressão do ar nos pneus caia – eventualmente os seus pneus podem murchar.

Saber os nomes de todas diferentes partes de uma roda de bicicleta é uma talento muito útil de dominar, especialmente se você precisar consertar alguma vez um pneu furado (veja Habilidade 37). Abaixo está um diagrama de uma roda de bicicleta. Estude-o para se familiarizar com as diferentes partes, então prossiga para o passo 1 para descobrir como encher os seus pneus.

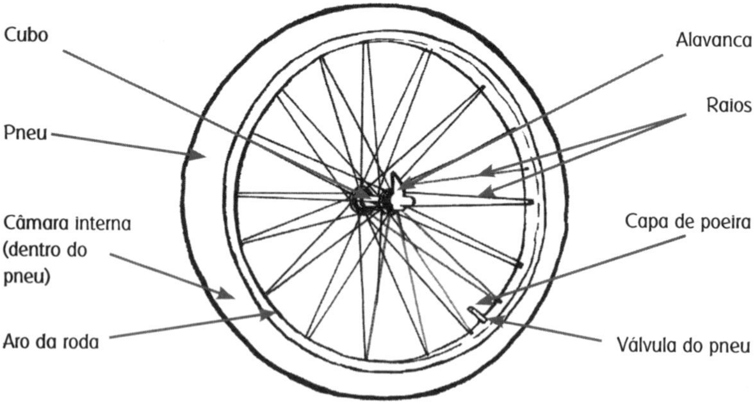

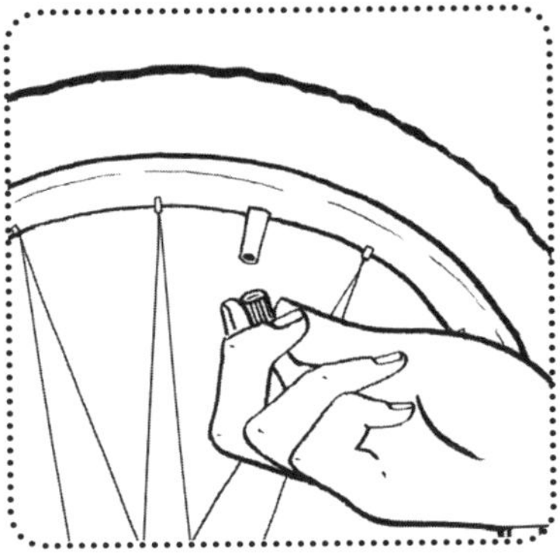

ENCHENDO O PNEU

1. Encoste sua bicicleta em uma parede ou coloque-a no tripé.

2. Use o diagrama da outra página para te ajudar a localizar onde está a capa de poeira – que cobre a válvula do pneu.

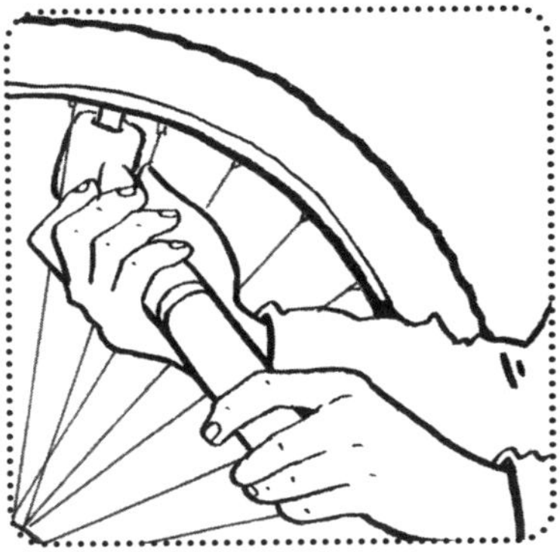

Uma vez que você encontrou onde ela está na roda da sua bicicleta, desrosqueie-a e coloque-a em um lugar seguro, como o seu bolso.

3. Pressione a ponta da bomba da bicicleta na válvula do pneu e segure-a no lugar.

Há muitos tipos diferentes de bombas de bicicleta – algumas têm um grampo, outras são rosqueadas na válvula. Verifique o manual de instruções da sua bomba para dicas detalhadas de como usá-la se você precisar.

4. Comece a bombear e continue até que o pneu da bicicleta esteja firme ao toque. Tenha cuidado para não encher demais o pneu.

5. Tire a bomba da válvula e rosqueie a capa de poeira de volta.

6. Repita os passos 2 a 5 no outro pneu.

FICA ESPERTA!

Verifique os seus pneus regularmente procurando danos ou rasgos. Se ele continuar murchando, você pode ter um "pequeno furo". Vá para o Habilidade 37 para descobrir como arrumar um furo.

HABILIDADE 33

CAPTURAR UMA ARANHA

Aranhas não são as criaturas mais populares, mas não há necessidade de se apavorar se você vir uma em sua casa. Aqui está o jeito sem medo e gentil de capturar uma aranha e soltá-la do lado de fora:

1. Espere até que a aranha esteja em uma superfície plana como uma mesa ou uma parede, que você possa alcança-la facilmente.

2. Segure um cartão-postal em uma mão e cuidadosamente coloque um copo sobre a aranha – tome cuidado para não amassar as patas dela. Segure o copo firmemente no lugar.

3. Com sua outra mão, devagar, deslize o cartão-postal para baixo do copo, levantando-o somente o suficiente para deixar o cartão-postal passar embaixo dele.

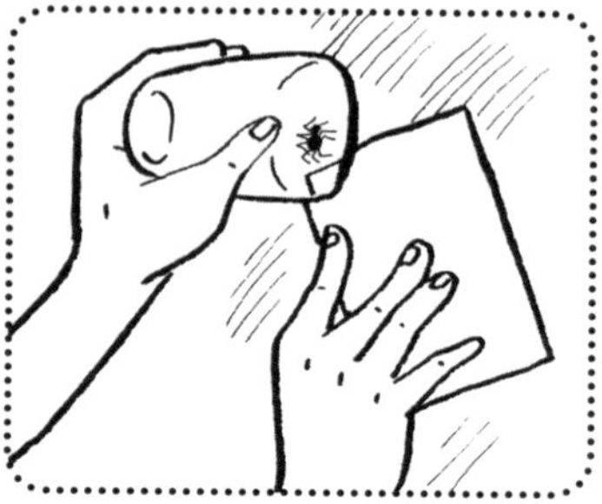

4. Mantenha o copo firmemente em cima do cartão-postal e escorregue a sua outra mão para baixo do cartão.

5. Vire o copo de cabeça para baixo com o cartão firmemente seguro em cima dele.

6. Carregue a aranha presa para fora até um lugar seguro. Coloque-a no chão, o cartão-postal primeiro, com o copo para cima.

7. Levante o copo para libertar a aranha.

HABILIDADE 34

FAZER UMA BARRA DE ROUPA

O que acontece quando a bainha da sua saia favorita se desfaz? Você a arruma, é claro! Aqui está como:

1. Verifique as instruções de cuidados com o tecido na etiqueta da saia e ajuste o ferro para a temperatura recomendada.

2. Vire a saia do avesso e coloque-a na tábua de passar.

SE LIGA!

Sempre peça ajuda a um adulto quando for usar o ferro de passar.

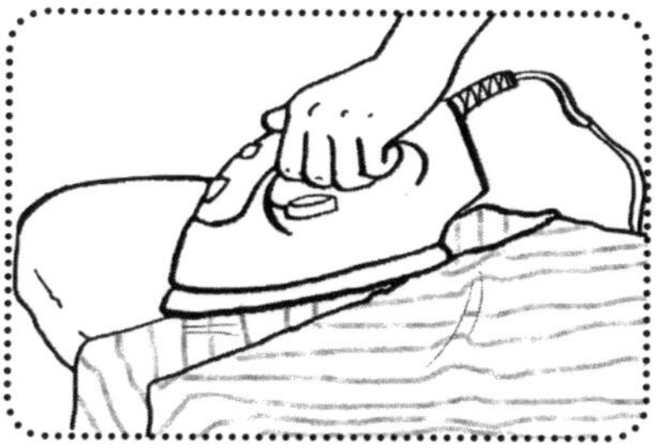

3. Seguindo a costura dobre a bainha de modo que ela fique plana.

4. Passe a bainha com o ferro deixando-a plana, para que permaneça na posição dobrada.

5. Corte uma linha de 40 centímetros de comprimento, de uma cor que combine com a sua saia. Coloque a linha na agulha (veja Habilidade 31) e faça um nó na ponta da linha.

6. Empurre a agulha para cima, através do tecido, entre a saia e a bainha, a aproximadamente meio centímetro da borda.

7. Puxe a linha até o nó.

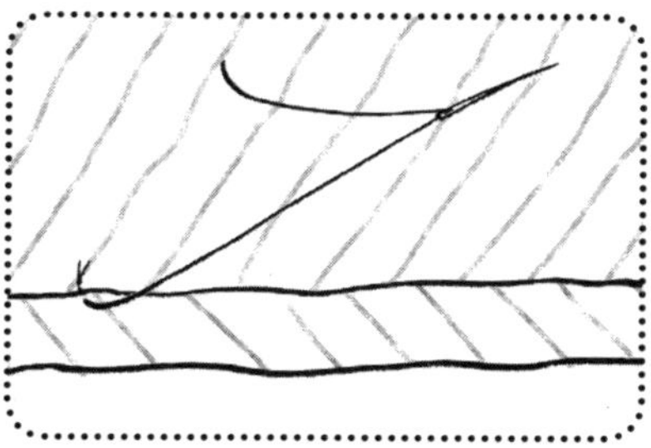

8. "Pegue" um pedacinho do tecido da saia com a ponta da sua agulha, aproximadamente um centímetro para frente da sua posição atual.

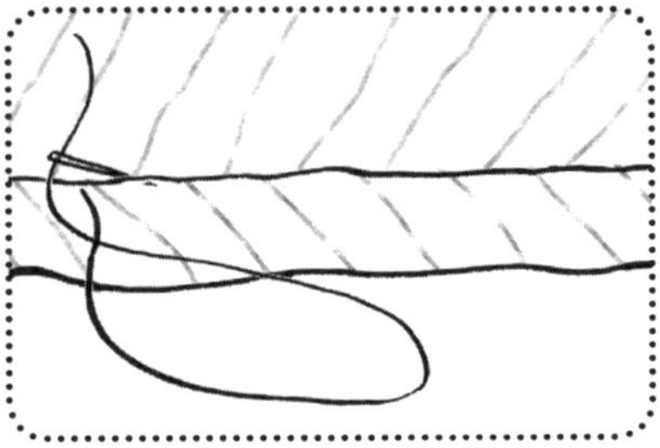

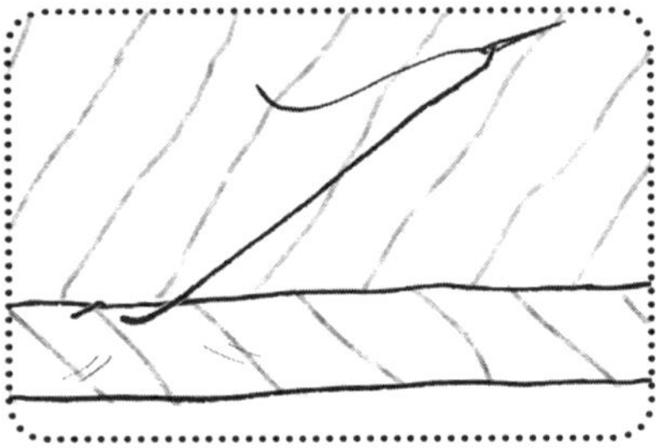

9. Empurre a agulha de volta para cima através da borda da bainha e repita isso, pegando um pouco do tecido da saia um centímetro para frente.

10. Repita os passos 8 e 9 ao longo de toda a extensão da bainha, deixando um centímetro entre cada um dos pontos.

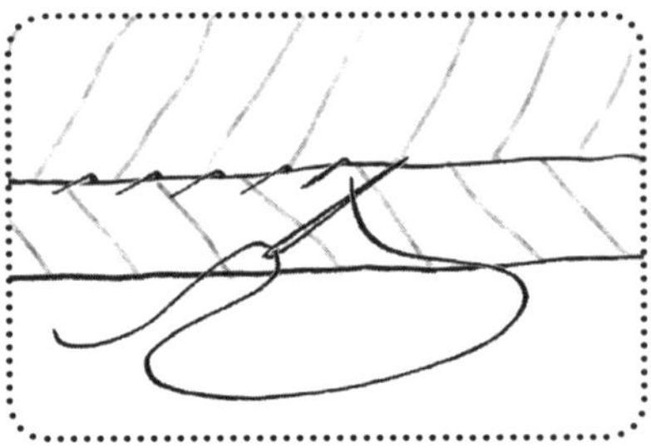

Não puxe demais os pontos, pois isso pode deixar o tecido enrugado.

11. Quando você chegar ao final da bainha da saia, faça vários pontos em um só lugar para prender.

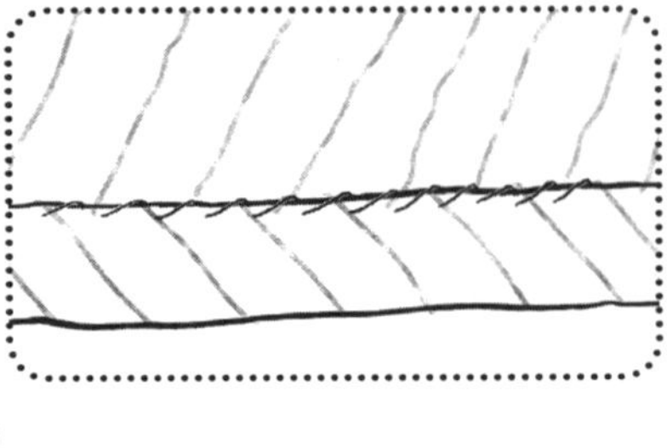

12. Para ter total certeza de que a sua bainha não vai se desfazer de novo, faça um nó duplo na ponta da linha e costure a ponta solta. Sua bainha agora deve ter este aspecto.

HABILIDADE 35

PREGAR UM BOTÃO

Se um botão se soltar do seu casaco favorito, não entre em pânico. Siga os passos abaixo para aprender como prendê-lo de volta:

1. Coloque em uma agulha uma linha com 50 centímetros de uma cor que combine com o seu botão (veja Habilidade 31 para descobrir como colocar linha em uma agulha).

Puxe a agulha até o meio da linha e amarre as duas pontas em um nó duplo para prendê-las.

2. Posicione o botão em cima do tecido no lugar em que ele estava originalmente. Verifique se está alinhado com a casa do botão no outro lado do casaco.

3. Empurre a agulha através do tecido, vinda de baixo de um dos furos do botão. Puxe bem a linha.

4. Coloque um palito de dentes em cima do botão, entre os furos.

5. Passe a linha por cima dele e empurre a agulha através do furo oposto e então através do tecido.

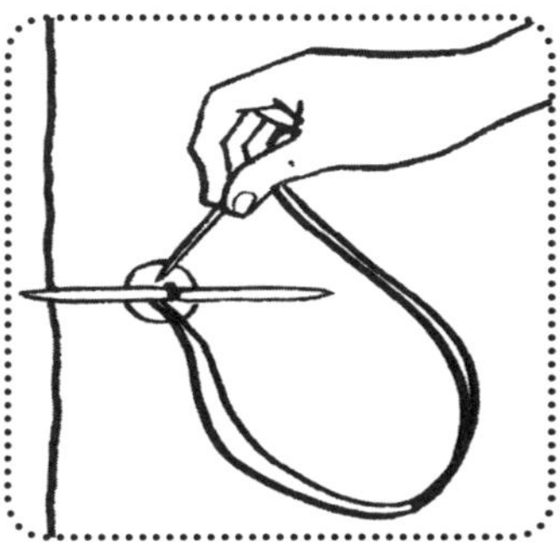

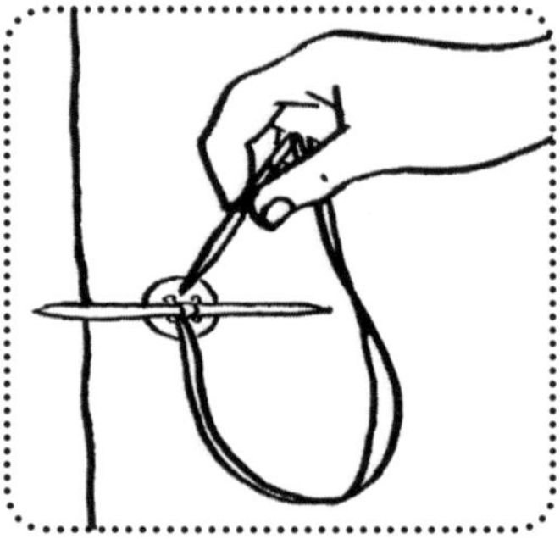

6. Passe a agulha através do primeiro furo novamente e então de volta através do furo do outro lado.

7. Continue costurando através dos furos de cada botão até que você tinha feito 15 pontos.

8. Se o botão no do tipo de dois furos, continue no passo 9. Se ele tiver quatro furos, repita os passos 6 e 7 nos outros dois furos.

9. Empurre a agulha para frente do tecido de modo que ela esteja agora entre o botão e o tecido.

10. Com cuidado, retire o palito de dente e puxe gentilmente o botão para longe do casaco – isso vai formar um pequeno espaço abaixo dele. Enrole a linha que está no espaço entre o botão e o tecido, por pelo menos 20 vezes.

11. Empurre a agulha através do tecido até a parte de trás dele.

12. Faça vários pontos no mesmo lugar e então corte a linha.

FICA ESPERTA!

Por que não mudar um pouco um casaco velho tirando os botões velhos e pregando multicoloridos no lugar deles? Você pode até tentar usar botões de formas diferentes.

HABILIDADE 36

APERTAR UM PARAFUSO

Aqui está como fazer uma mágica quando parafusos se soltam e as coisas começam a desmoronar:

1. Uma chave de fenda é uma ferramenta que se encaixa na "cabeça" ou na ponta do parafuso. Verifique se você tem o tamanho e o tipo corretos de chave de fenda para o trabalho.

Chaves de fenda têm cabeças de diferentes formatos. Aqui ao lado estão os dois formatos mais comuns de parafusos e o tipo de chaves que você irá precisar para trabalhar com eles.

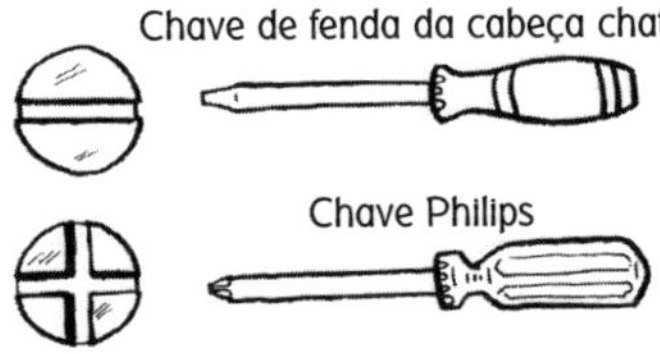

2. Segure a chave de fenda com sua mão boa – aquela que você usa para escrever. Com a outra mão, segure o parafuso no lugar.

3. Coloque a chave de fenda nos entalhes da cabeça do parafuso e aplique uma pequena pressão para baixo, virando a chave de fenda devagar.

4. Para apertar um parafuso, vire a chave para a direita (sentido horário). Para soltar um parafuso, vire a chave para a esquerda (sentido anti-horário). Para lembrar em qual sentido você deve virar a chave para apertar um parafuso, use esta rima: "Endireitar para apertar".

5. Continue virando até que a cabeça do parafuso esteja reta contra a madeira.

HABILIDADE 37

CONSERTAR PNEU FURADO DE BICICLETA

Se a sua bicicleta está com um pneu murcho e por mais que você o encha não fica cheio, ele pode estar furado. Siga esses passos para descobrir como consertar o furo:

VOCÊ VAI PRECISAR DE

- o manual de instruções da sua bicicleta
- um kit de reparo de pneu contendo: reparo de borracha, cola, lixa, pedaços de pneu (opcional).
- um balde de água
- uma bomba de bicicleta
- um pedaço de giz
- um pano

FICA ESPERTA!

Para te ajudar a identificar todas as partes mencionadas aqui, olhe o diagrama de uma roda de bicicleta na Habilidade 32.

1. Primeiro, você precisar ter certeza sobre o que está deixando o pneu murcho – pode não ser um furo, mas o resultado de uma válvula que esteja vazando.

Para testar a válvula, desrosqueie a capa de poeira do pneu murcho e segure um copo com água embaixo da válvula, de modo que ela esteja completamente submersa.

Se você vir bolhas de ar na água, significa que você tem uma válvula vazando, e não um pneu furado, e você precisa levar a sua bicicleta para uma oficina de reparo. Senão, siga para o passo 2.

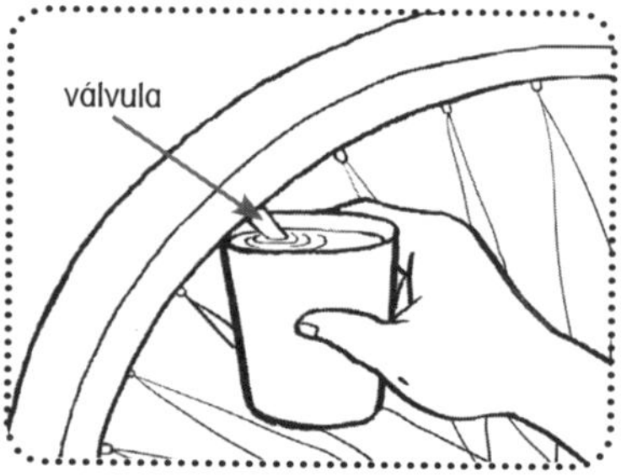

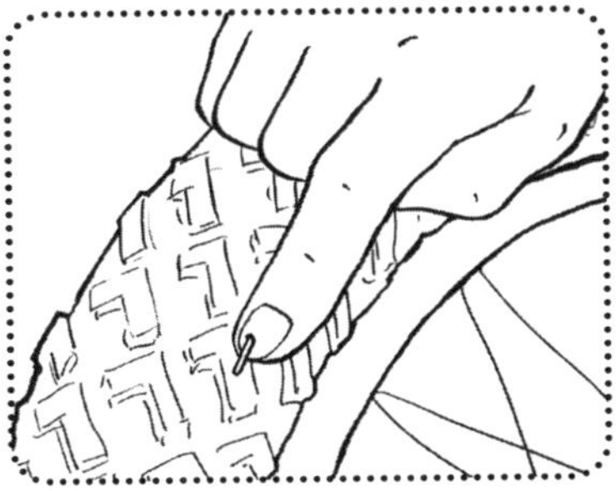

2. Inspecione todo o pneu. Você pode ver alguma coisa pontuda que pode ter causado o furo? Se sim, remova cuidadosamente quaisquer causas óbvias do furo, como pregos ou espinhos, embrulhe-os em um lenço e jogue-os fora, então siga para o passo 3.

3. Solte (isso significa desconecte) os freios. Para fazer isso, você vai precisar consultar o manual de instruções da sua bicicleta.

4. Em seguida, desrosqueie a válvula do seu pneu (ou aperte um botão nela, dependendo do tipo de válvula que a sua bicicleta tem) para deixar qualquer ar restante na câmara sair – a câmara é o tubo que fica dentro do pneu.

5. Remova a roda abrindo a alavanca que a segura ao quadro. Para fazer isso, puxe a alavanca para fora conforme mostrado à direita (se a sua bicicleta não tem uma alavanca, consulte o manual de instruções dela para descobrir como tirar a roda).

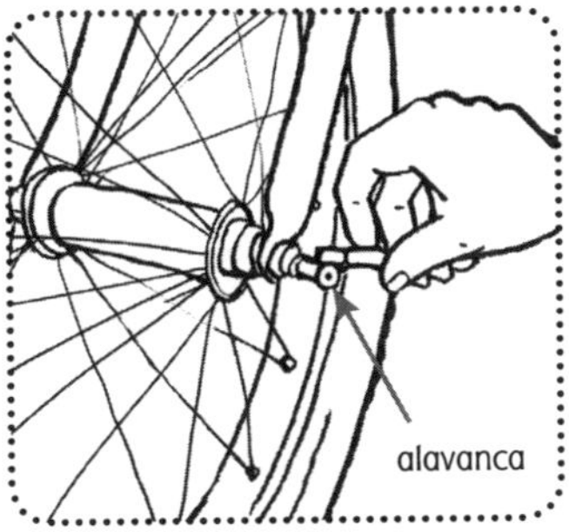

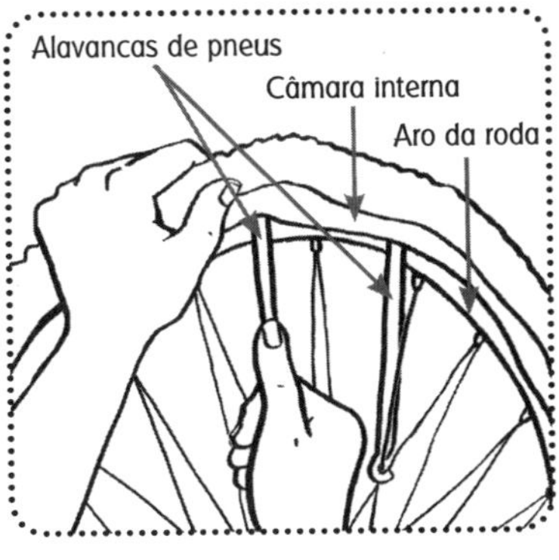

6. Com cuidado, puxe a câmara para fora do aro. Você pode usar uma ferramenta própria para este fim para ajudar a tirá-la se você tiver uma.

7. Empurre a válvula através do furo no aro da roda também (você pode precisar desrosqueá-lo primeiro, dependendo da sua bicicleta).

8. Para encontrar o furo, ouça por toda a extensão da câmara se há ar escapando, ou segure-a perto da sua bochecha e veja se você sente um sopro de ar.

Se você não conseguir encontrar o furo, coloque partes da câmara dentro do balde de água. Devem aparecer bolhas do lugar onde o furo está na câmara.

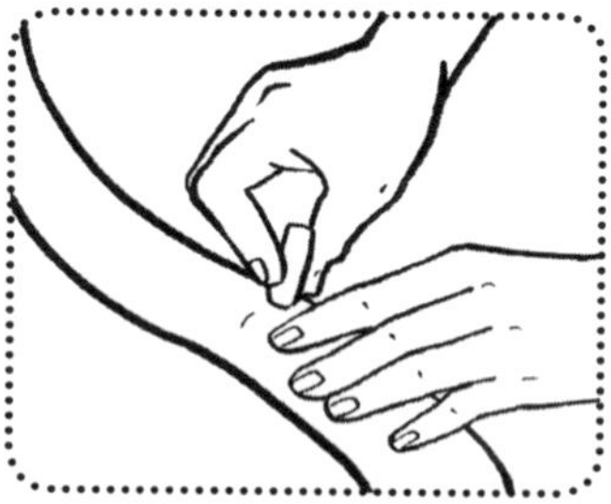

9. Marque a área do furo com o giz, para que você possa achá-lo novamente. Seque a câmara com o pano.

10. Esfregue a área ao redor do furo usando a lixa do seu kit de reparo.

11. Espalhe um pouco de cola por cima do furo e deixe por alguns minutos até que esteja grudando quando você toca.

12. Pegue o reparo do seu kit e coloque um pouco de cola na superfície de contato dele. Novamente, espere até que fique grudento.

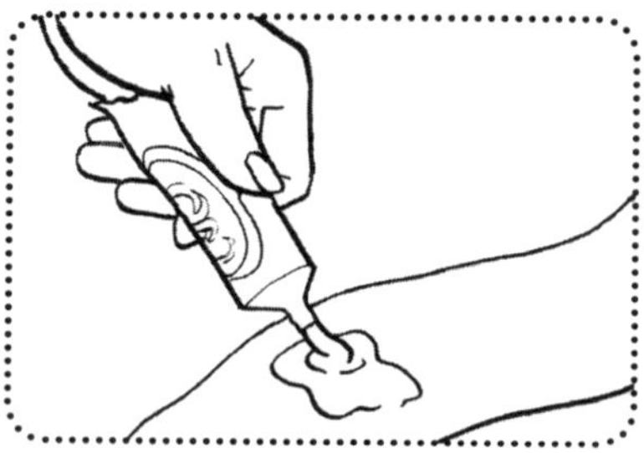

13. Coloque o reparo sobre o furo como se estivesse colocando uma atadura em um corte. Segure o reparo firmemente por dois minutos para prendê-lo. Alise-o para remover bolhas de ar.

14. Cuidadosamente retire o filme do reparo.

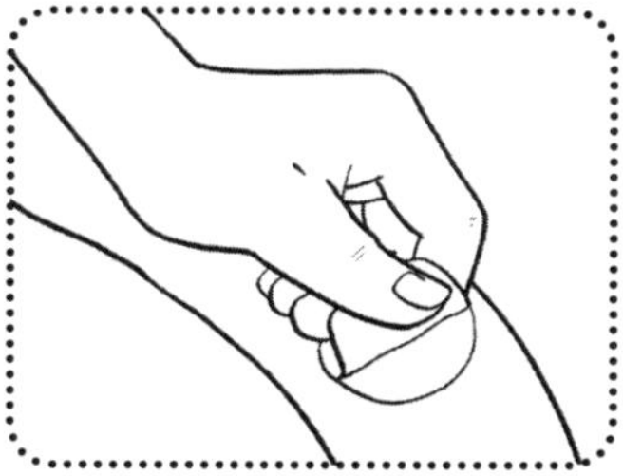

15. Lubrifique a câmara com o giz, especialmente ao redor do reparo – isso irá impedir que a câmara grude no lado de dentro do pneu.

16. Separe um pouco o pneu do aro e olhe dentro procurando por vidros ou pregos. Cuidadosamente remova o que você achar, embrulhe-os em um lenço e jogue-os fora.

17. Encha a câmara bem pouquinho. Isso irá facilitar colocá-la de volta no aro.

18. Empurre parte da câmara para dentro do pneu. Tenha certeza de que a válvula esteja alinhada com o buraco no aro, e delicadamente coloque-a de volta no furo, ela deve estar apontando na direção do cubo do aro.

19. Enfie o resto da câmara para dentro do pneu e sobre o aro da roda.

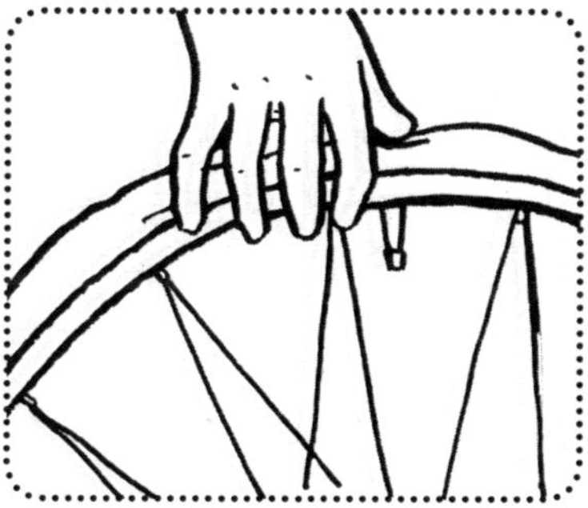

20. Use a bomba de bicicleta para inflar o pneu até que esteja firme ao toque (veja Habilidade 32).

21. Coloque a roda de volta na sua bicicleta posicionando-a entre as sapatas do freio e fechando a alavanca, se você tiver uma.

22. Reconecte os freios da sua bicicleta – olhe no manual para descobrir como fazer isso – e teste se os freios estão funcionando antes de sair pedalando.

HABILIDADE 38

LEVANTAR OBJETOS PESADOS

Siga essas regras e aprenda como ser forte de forma segura:

1. Olhe para o objeto para descobrir quão fácil será levantá-lo. Se ele parece muito pesado, ou tem uma forma muito difícil de ser levantada, ou se você não sabe se o objeto é muito pesado, não tente levantá-lo sozinha.

2. Planeje a rota pela qual você irá levar o objeto e remova qualquer obstrução que houver pelo caminho.

3. Fique em pé em frente ao objeto com seus pés separados por uma distância igual a dos seus ombros e com uma das pernas um pouco à frente – isso irá te ajudar a manter o equilíbrio. Pratique dobrar e esticar os joelhos mantendo as costas o mais retas possível.

4. Quando você estiver pronta para pegar o objeto, dobre um pouco os joelhos – isso é mais seguro do que abaixar totalmente ou dobrar as costas.

5. Pegue o objeto que você quer levantar com firmeza. Segure-o sempre por baixo em vez de puxá-lo do lado de cima.

6. Levante em um movimento suave, deixando os músculos das pernas te levantarem e mantendo as costas retas. Enrijeça os músculos abdominais também, pois isso estica a sua lombar.

Enquanto você estiver pegando ou carregando o objeto, não dobre as costas – o peso da carga pode machucar sua coluna.

7. Depois que você pegar o objeto, veja como você se sente. Você pode precisar colocá-lo no chão, ajustar a posição dele e tentar novamente. Segure-o o mais perto da sua cintura possível e levante os seus braços um pouco.

8. Dê pequenos passos para levar você e o seu objeto de um lugar a outro de forma segura. Mantenha a sua cabeça levantada e olhe para frente.

9. Quando você estiver pronta para colocar o objeto no chão, separe seus pés por uma distância igual a dos seus ombros.

Use as pernas para abaixar o objeto até o chão, mantendo as costas o mais retas possível.

Não gire o corpo ou se incline para frente quando estiver colocando o objeto no chão.

SE LIGA!

Se você sentir alguma dor nas costas, coloque o objeto no chão imediatamente e procure um médico.

HABILIDADES LEGAIS

HABILIDADE 39

DESEMBARAÇAR SEU CABELO

Cabelos embaraçados não precisam ser um enorme problema. Aqui estão as regras de ouro do desembaraçamento:

1. Molhe seu cabelo com água morna, então massageie uma quantidade de xampu do tamanho de uma moeda nele. Tenha cuidado para não puxar ou arrancar os nós pois isso pode piorar o problema.

2. Enxágue bem o xampu do seu cabelo e então delicadamente tire com as mãos todo o excesso de água. Massageie uma quantidade do tamanho de uma moeda de condicionador. Adicione uma bolinha extra direto nas áreas mais embaraçadas.

3. Use um pente de dentes largos – pentes normais podem piorar os nós – para pentear todo o seu cabelo.

TÉCNICA TOP

★ Nunca comece a pentear de cima da cabeça e vá diretamente para baixo, pois isso pode arrancar o cabelo. Ao invés disso, segure as mechas de cabelo em uma mão e delicadamente passe o pente no meio dos nós, começando perto das pontas e penteando um pouco de cabelo por vez.

★ Seu objetivo é desembaraçar suavemente o cabelo como se fosse um novelo de lã que estivesse com nó, em vez de somente puxar os nós para fora. Finalmente, enxágue o condicionador.

FICA ESPERTA!

Prender o cabelo quando estiver praticando esportes ou quando estiver ventando muito vai evitar que ele embarace.

HABILIDADE 40

PASSAR PERFUME

Quando falarmos de cheiro, menos é definitivamente mais. Use esse método de rainha de beleza para ter o cheiro certo:

QUANDO PASSAR

★ O melhor momento para passar perfume é depois de tomar banho. Isso porque seus poros irão absorver o melhor cheiro.

1. Espirre ou passe pequenas quantidades nos "pontos de pulso" – lugares onde o calor do seu corpo irá ajudar o cheiro a exalar.

Seus pontos de pulsos incluem:
a parte de trás dos joelhos e dos cotovelos, o pescoço, pulsos e bem atrás dos lóbulos das orelhas.

2. Para finalizar, espirre um pouco de perfume no ar na sua frente e ande em direção a ele.

FICA ESPERTA!

Mantenha o perfume na sua caixa original, luz forte ou outros cheiros podem estragar a essência.

HABILIDADE 41

SAIR BEM EM FOTOGRAFIAS

Esses truques simples podem garantir que você saia linda no momento em que alguém te clicar. "Diga xis!":

Virar o corpo. Se você vai tirar uma foto de pé, vire o corpo um pouco para longe da câmera e então vire a parte de cima do seu corpo de volta para olhar para o fotógrafo, como mostrado aqui. Coloque uma das mãos na sua cintura em vez de deixar os dois braços estendidos ao lado do corpo.

Tenha uma postura perfeita. Imagine que tem uma linha fina saindo do final da sua coluna e indo até o topo da sua cabeça, te puxando delicadamente para cima. Deixe o seu corpo ficar mais alto e relaxe os ombros ao mesmo tempo.

Evite problemas de queixo duplo. Levante o queixo e tente se certificar de que a câmera esteja tirando as fotos um pouco acima do nível do seu rosto. Se a foto for tirada de baixo para cima, seu rosto vai parecer maior que o usual.

Relaxe e pense em coisas boas. Seja sempre você mesma ao invés de forçar um sorriso para a foto. Às vezes ajuda respirar bem fundo pelo nariz e expirar pela boca antes de tirar a foto, para relaxar.

HABILIDADE 42

PARAR DE ROER AS UNHAS

Acabe com o hábito de roer suas unhas em três passos fáceis:

1. Peça para seus pais para comprarem um esmalte especial com gosto ruim.

2. Pinte cada unha com ele – o gosto dele vai te lembrar logo de tirar a mão da boca.

3. Quando suas unhas crescerem um pouco, pinte-as de uma cor bem bonita – você não vai querer estragar o seu trabalho duro roendo-as novamente!

HABILIDADE 43

TIRAR UM ANEL QUE ESTÁ PRESO

Para remover um anel apertado que ficou preso no seu dedo, siga essas instruções simples:

1. Encha um pote com água fria e despeje dentro dele uma bandeja toda de gelo. Coloque a mão com o anel preso dentro da água com gelo por dez segundos.

2. Seque a mão e passe muito hidratante para mãos nela e ao redor do anel até a ponta do dedo (se você não tiver hidratante, azeite ou detergente também funcionam).

3. Delicadamente vire o anel e devagar o traga para cima, passando por cima da junta do seu dedo.

HABILIDADE 44

ATENDER AO TELEFONE E ANOTAR UM RECADO

Siga as regras abaixo sempre que atender ao telefone para ter certeza de anotar um recado com sucesso:

1. Quando o telefone tocar, atenda e diga educadamente: "Alô?".

2. Se a pessoa quiser falar com alguém que não está em casa, pergunte se ela quer deixar um recado.

FICA ESPERTA!

Mantenha um pequeno bloco de anotações e uma caneta ao lado do telefone na sua casa.

3. Se ela disser que sim, escreva os pontos importantes da mensagem clara e ordenadamente em um bloco de anotações.

4. Pergunte o nome e o telefone da pessoa. Repita para ela o número que ela lhe deu para checar se você anotou certo, então termine a ligação dizendo: "Eu vou dar o seu recado o mais rápido possível. Obrigada por ligar."

5. Deixe o papel com a mensagem escrita em algum lugar que seja visto pela pessoa que precisa lê-lo, como pendurado na geladeira.

HABILIDADE 45

ESCREVER E ENVIAR UMA CARTA DE AGRADECIMENTO

Diga "obrigada" por um presente ou numa ocasião especial com uma carta escrita à mão. Aqui está como escrevê-la e como colocá-la no correio:

ESCREVENDO UMA CARTA

1. Usando uma caneta legal, escreva o seu endereço, com uma linha para cada parte dele, no canto direito superior do papel.

2. Embaixo do seu endereço, escreva a data.

3. No lado esquerdo da página, deixando um pequeno espaço, escreva "Prezado [coloque o nome da pessoa aqui]".

Se for um amigo ou um membro da família, você pode falar com ele informalmente, por exemplo, "Querida Katie".

FICA ESPERTA!

Mantenha uma coleção de lindos papéis de carta e envelopes que combinem com eles na sua cor favorita para usar quando você quiser escrever para alguém especial.

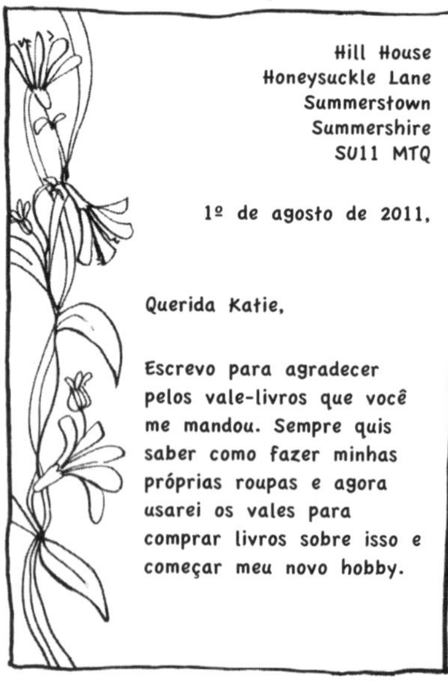

Hill House
Honeysuckle Lane
Summerstown
Summershire
SU11 MTQ

1º de agosto de 2011,

Querida Katie,

Escrevo para agradecer pelos vale-livros que você me mandou. Sempre quis saber como fazer minhas próprias roupas e agora usarei os vales para comprar livros sobre isso e começar meu novo hobby.

4. Embaixo disso, comece a carta.

Uma boa carta de agradecimento conta quão agradecida você está pelo que a pessoa fez por você. então inclua alguns detalhes como: "Eu estou escrevendo esta carta usando a linda caneta que você me deu. É tão legal escrever com ela."

5. Inclua algumas novidades para fazer com que sua carta seja interessante para ler, e termine perguntando sobre a saúde da pessoa para quem você está escrevendo.

6. Termine a carta assinando de um jeito que expresse a sua afeição pela pessoa, como: "Com muito amor, [coloque o seu nome aqui]."

ENVIANDO UMA CARTA

1. Escolha um envelope do mesmo tamanho da carta que você está mandando e coloque a carta dobrada dentro dele.

2. Escreva o nome da pessoa para quem você está mandando a carta no meio da parte da frente do envelope.

3. Abaixo do nome da pessoa, escreva o endereço, usando uma linha para cada parte, incluindo o país em que ela vive, como mostrado acima.

4. Escreva o seu próprio endereço na parte de trás do envelope – se o correio não puder entregá-lo, eles vão devolvê-lo a você.

5. Coloque o selo no canto direito superior do envelope e coloque-o em uma caixa de correio.

HABILIDADE 46

TER ROUPAS CHEIROSAS

Faça esse cheiroso sachê de lavanda e coloque-o na sua gaveta para manter as usas roupas com um cheiro delicioso por mais tempo:

VOCÊ VAI PRECISAR DE

- um quadrado de tecido bem bonito e estampado, de aproximadamente 30 cm x 30 cm
- uma tigela de sobremesa
- um lápis
- tesouras
- um pedaço de lã de 80 cm de comprimento
- uma agulha pontuda e grossa
- um punhado de lavanda seca (disponível em casas de produtos naturais)

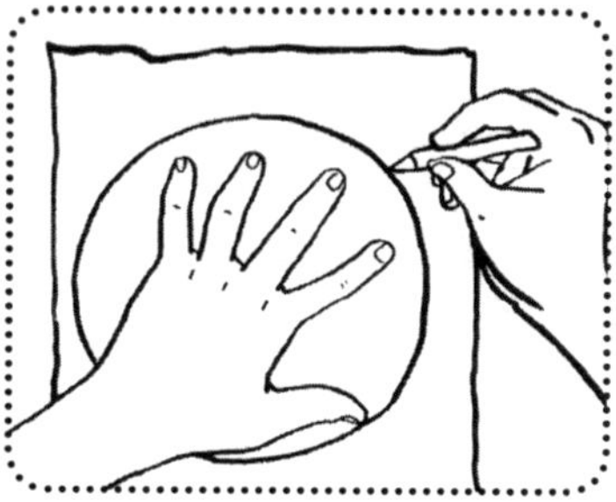

1. Coloque seu tecido em uma superfície lisa com o lado da estampa para baixo.

2. Coloque a tigela em cima do tecido, no centro do quadrado com a boca para baixo.

3. Segure a tigela no lugar com uma das mãos, com a outra use o lápis para traçar a linha de fora dela.

4. Remova a tigela e corte ao redor da linha para fazer um círculo no tecido.

5. Coloque a lã na agulha (veja Habilidade 31 para descobrir como passar uma linha em uma agulha).

6. Vire o círculo de tecido ao contrário de modo que o lado estampado esteja para cima.

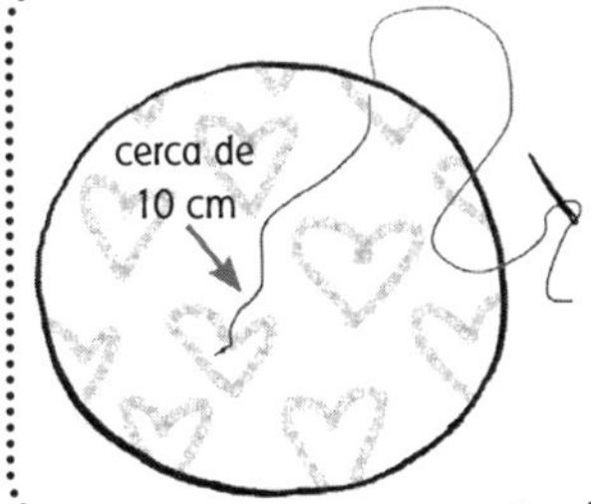

7. Faça um ponto simples, empurrando a agulha através do tecido em um ponto de aproximadamente
dois centímetros para dentro da borda do tecido.

8. Puxe a lã para o outro lado, deixando pelo menos dez centímetros no final dela.

Como você não vai fazer um nó na ponta desse pedaço de lã por enquanto, mais tarde, certifique-se de que todos os próximos pontos sejam dados bem frouxos para que você não puxe a ponta através do tecido.

9. Continue ao redor do círculo fazendo vários pontos simples grandes (veja Passos 7 e 8).

Tenha cuidado para não deixar a lã muito apertada.

10. Vire o tecido ao contrário.

11. Coloque o punhado de lavanda no meio do círculo.

12. Puxe as pontas da lã para juntar as pontas do tecido e fazer uma pequena bolsa, como mostrado aqui.

13. Prenda a lã bem apertada com um nó duplo, então amarre as pontas com um laço. Corte o excesso de lã das pontas.

14. Coloque a bolsa na sua gaveta e logo você terá roupas adoravelmente cheirosas.

HABILIDADE 47

ARRUMAR FLORES EM UM VASO

Flores bonitas merecem ser mostradas. Aqui está como arrumá-las para ficarem ainda mais bonitas:

1. Abra algumas folhas de jornal velho em uma mesa e coloque as flores em cima delas em linha, como mostrado aqui. Isso irá te ajudar a ver as formas, cores e tamanhos de todas.

2. Escolha o vaso para colocar as flores. Um maço grande e multicolorido vai ficar bom em um grande vaso liso; um maço menor com caules finos vai ficar mais bonito em um vaso de vidro alto. Encha o vaso escolhido até aproximadamente dois terços da altura com água.

3. Tire quaisquer folhas perto do final dos caules que ficariam abaixo da linha da água dentro do vaso, e depois corte um centímetro do final de cada caule usando uma tesoura. Corte-os com um pequeno ângulo – isso irá ajudar as flores a durarem mais.

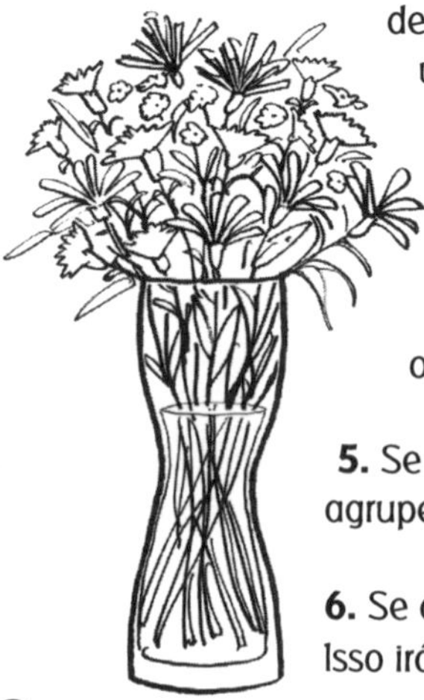

4. Coloque as flores no vaso, uma por vez, certificando-se de que os caules estejam imersos na água. Cruzar os caules uns sobre os outros no fundo irá ajudá-los a ficar na posição.

5. Se você tem vários tipos de flores diferentes, não agrupe-os – misture todos.

6. Se a água ficar turva após alguns dias, troque-a. Isso irá ajudar as flores a durarem mais.

HABILIDADE 48

JANTAR EM UM RESTAURANTE CHIQUE

Siga esses FAÇA ou NÃO FAÇA para ser muito educada em qualquer situação em um restaurante chique:

FAÇA – sente-se no seu lugar desdobrando o guardanapo e colocando-o sobre o colo. Nunca use o guardanapo para assoar o nariz – é para ser usado somente para limpar a comida em trorno da sua boca.

NÃO FAÇA – caras e bocas ou barulho se você não gostar de alguma coisa. Deixe o que não gostar no canto do prato.

FAÇA – comece usando os talheres mais afastados do prato e por fim os mais próximos.

NÃO FAÇA – debruçar em cima das pessoas para pegar alguma coisa. Peça educadamente para a pessoa passar algo para você e lembre-se de dizer "Por favor" e "Obrigada".

FAÇA – coloque o seu garfo e a sua faca arrumados um ao lado do outro em cima do seu prato para mostrar ao garçom ou garçonete que você acabou de comer.

NÃO FAÇA – não coma avidamente. Pare para conversar e tenha calma para aproveitar a refeição.

FAÇA – pegue um pedaço inteiro de pão do cesto de pães e use o prato pequeno perto do seu prato principal para passar manteiga nele.

HABILIDADE 49

EMBRULHAR UM PRESENTE

Dê a todos os seus presentes um toque extraespecial com estes passos simples:

VOCÊ VAI PRECISAR DE
- um rolo de papel de presente
- tesoura
- uma caixa que seja grande o suficiente para que o presente caiba nela
- fita adesiva
- etiqueta de presente

1. Desenrole um pouco de papel de presente, com o lado estampado para baixo, em cima de uma mesa limpa.

2. Coloque o presente dentro da caixa. Coloque a caixa de cabeça para baixo no meio do papel.

3. Puxe a beirada do papel de presente por cima até o meio da caixa. Então levante o papel do outro lado, passando por cima do papel do outro lado aproximadamente cinco centímetros.

4. Corte o papel em linha reta ao longo desse ponto.

5. Reposicione a caixa no centro do pedaço de papel que você acabou de cortar.

6. Traga o lado mais comprido do papel até o meio da parte de cima da caixa e segure-o no lugar com o dedo. Então traga o outro lado do papel para o meio, de modo que as duas partes estejam sobrepostas.

Prenda-as com um pedaço de fita adesiva, conforme mostrado.

7. Vire a caixa do outro lado.

8. Posicione a caixa de modo que um dos lados abertos esteja de frente pra você.

9. Dobre os lados o mais para dentro que conseguir sem rasgar o papel.

Passe o dedo pelas bordas da caixa para fazer uma marca de modo que abas se formem embaixo e em cima, como mostrado aqui.

10. Dobre a aba de cima do papel para baixo e passe os dedos pelos lados para fazer uma prega diagonal.

11. Coloque um pedaço de fita adesiva no centro de cada aba, e então dobre-as e prenda-as no lugar.

12. Traga a aba de baixo para cima e prenda-a com um pedaço de fita adesiva. No final a caixa deve estar embrulhada, como mostrado aqui.

13. Repita dos passos 8 a 12 com a outra ponta da caixa.

14. Escreva o nome da pessoa que vai receber o presente na etiqueta com um letra bem bonita e cole-a na parte de cima do embrulho. Por que não colocar uma pedaço bonito de fita no embrulho para um toque extraespecial?

HABILIDADE 50

PREPARAR-SE PARA UMA PROVA

Não importa qual seja a matéria, preparar-se para uma prova pode ser simples se você seguir esses passos:

★ Não deixe para fazer a revisão da matéria na noite anterior, em vez disso, faça pequenas revisões do conteúdo em cada dia da semana antes da prova. Se autoavalie após cada página que ler para ver o quanto você consegue lembrar.

★ Escreva os pontos-chave em alguns papéis de anotação auto-colantes – por exemplo, como soletrar "hipopótamo" em letras grandes. Cole-os em lugares que você vá passar, como na caixa do seu suco favorito – quanto mais você olhar para a informação, mais fácil será para você lembrar dela!

★ Tenha uma boa noite de sono na noite anterior à prova – seu cérebro estará descansado e pronto para todo o trabalho que ele precisa fazer (veja Habilidade 51 para dormir bem).

★ Junte todas as coisas de que você precisa para a prova e coloque-as na sua mochila escolar na noite anterior (veja Habilidade 17). Desse modo você evita ficar correndo na manhã da prova de matemática se você não consegue encontrar o compasso!

★ Tome um café da manhã saudável, com torradas e cereais pois isso ajuda a alimentar tanto o seu cérebro quanto o seu corpo. Boa sorte!

FICA ESPERTA!

Peça a um de seus pais ou a um dos seus irmãos para testar você. Dê a eles a sua matéria e peça a eles para perguntarem coisas para você. Se você não conseguir responder, peça a eles que te falem uma dica antes de revelar a resposta.

HABILIDADE 51

DORMIR BEM

Todos gostam de acordar se sentindo prontos para conquistar o mundo, então aqui estão alguns passos para um repouso de qualidade:

1. Desligue a TV ou o computador pelo menos uma hora antes de ir para a cama. Usar tecnologia antes de dormir pode estimular muito o seu cérebro e te manter acordada.

FICA ESPERTA!

Tome uma xícara de leite morno ou chá de camomila meia hora antes de ir para cama. Essas bebidas acalmam e relaxam o seu corpo, deixando-o pronto para dormir.

2. Use a cama somente para dormir – não faça nenhuma lição de última hora embaixo do edredom ou fale com os seus amigos ao telefone. Desse modo, seu cérebro irá pensar em "dormir" logo que você deitar na cama.

3. Deixe o seu quarto na temperatura certa – se estiver muito quente, você irá ficar rolando na cama. Um pouco frio é o melhor, porque fará você se sentir bem e acolhida embaixo das cobertas.

4. Após desligar as luzes, relaxe respirando fundo, para dentro e para fora pelo nariz, fazendo com que as suas expirações sejam um pouco mais longas que as suas inspirações. Isso logo irá te levar a um sono profundo. Zzzz...

QUEBRA-GALHO EM CASA

HABILIDADE 52

DESGRUDAR CHICLETE

Chicletes nas suas coisas podem te deixar numa situação grudenta. Aqui está como removê-lo:

1. Coloque o item com o chiclete preso nele no freezer durante uma noite inteira.

2. Pela manhã, tire o item e leve-o para a pia. Use uma faca de manteiga para raspar o chiclete congelado da peça.

Se o item for muito grande para caber no freezer, encha um saco plástico com gelo e prenda-o firmemente com um elástico. Coloque o saco em cima do chiclete e deixe até que o chiclete esteja congelado. Cuidadosamente remova o chiclete congelado com uma faca de manteiga, então vá para o passo 3 abaixo.

3. Use um pano limpo embebido em água e um pouco de detergente para lavar quaisquer traços do chiclete. Deixe o item secar completamente, então lave normalmente (veja Habilidade 59).

FICA ESPERTA!

Para tirar chiclete do seu cabelo, segure um cubo de gelo em cima da área afetada. Quando o chiclete ficar duro, tire-o com os dedos. Remova quaisquer traços do chiclete massageando pasta de amendoim no seu cabelo, então penteie a área usando um pente fino. Lave seu cabelo normalmente (veja Habilidade 4). Aviso: Não toque na pasta de amendoim se você tiver alergia a amendoim.

HABILIDADE 53

ARUMAR SACOLAS DE COMPRAS PERFEITAMENTE

Torne o ato de carregar suas compras seguro seguindo essas cinco regras de ouro:

Regra 1. Leve suas próprias sacolas de compra quando for ao mercado – é melhor para o meio ambiente do que usar novas.

Regra 2. Divida suas compras em sacolas separadas, assim:

- Coisas de banheiro e limpeza
- Frutas e vegetais
- Produtos que vão na geladeira ou no freezer
- Itens pesados como latas, garrafas e pacotes robustos.

Regra 3. Empacote itens pesados, como batatas, primeiro e itens macios e leves, como pêssegos e tomates, em cima.

Regra 4. Se você for usar sacolas de supermercado para carregar garrafas, coloque uma dentro da outra para obter sacolas duplamente fortes.

Regra 5. Quando chegar em casa, desembale os itens gelados primeiro e coloque-os na geladeira ou no freezer antes de guardar o resto das compras.

HABILIDADE 54

CUIDAR DE UMA PLANTA DE CASA

Seja uma rainha do verde e dê a uma planta da sua casa um cuidado cheio de ternura. Leia abaixo para descobrir como:

Olhe na etiqueta. Isso irá te dizer se a planta tem qualquer necessidade especial.

Por exemplo, cactos gostam de lugares ensolarados, samambaias adoram ambientes úmidos, então elas gostam que joguem água nas suas folhas todos os dias e de condições frescas, então nunca as deixe diretamente expostas à luz do sol.

Regras para aguar. Só coloque água nas suas plantas quando a terra dela parecer quase seca. Tipos distintos de plantas precisam de quantidades diferentes de água, mas a maioria delas necessita de mais água durante a primavera e o verão.

Procure folhas mortas. Com os seus dedos, delicadamente arranque flores ou folhas que tenham ficado marrons.

Tire o pó. As folhas das plantas podem ficar empoeiradas com frequência – isso impede que a planta cresça como deveria. Ajude sua planta a crescer saudável e bonita, pegue um pedaço de pano umedecido e passe delicadamente ao longo das folhas para limpá-las.

HABILIDADE 55

APROVEITAR O MÁXIMO DOS PRODUTOS

Aqui está como fazer os seus tubos e garrafas durarem mais, então você poderá economizar seus preciosos centavos:

★ Guarde as garrafas de cabeça para baixo quando elas começarem a acabar – isso irá ajudar a usar as últimas gotas quando você precisar.

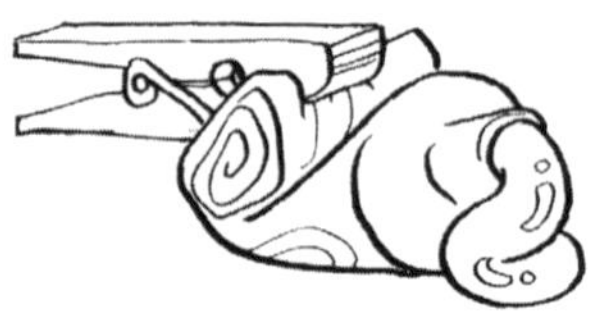

★ Enrole os tubos devagar do final, empurrando o restantes do produto para a abertura. Prenda o tubo enrolado com um pregador para mantê-lo nessa posição.

★ Se você acha que usou as últimas gotas de um tubo, tente cuidadosamente cortar a ponta de cima do tubo com tesouras, como mostrado aqui – normalmente há produto sobrando na abertura.

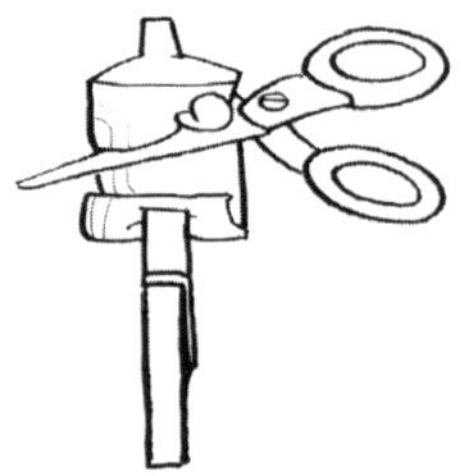

FICA ESPERTA!

Prefira comprar tubos a garrafas quando se tratar de cremes e loções, porque é mais fácil para usar todo o produto dentro deles.

★ Faça espumas de banho e xampus durarem mais adicionando uma pequena quantidade de água ao restante de produto nas garrafas.

HABILIDADE 56

ARRUMAR SEU QUARTO EM CINCO MINUTOS

Você não consegue achar a sua cama embaixo das enormes montanhas de roupas? Arrumação não precisa ser um trabalho para o dia todo – dispare o cronômetro e termine a tarefa em cinco minutos:

Faltam cinco minutos. Coloque as roupas usadas no cesto de roupa suja. Pendure roupas limpas no seu guarda-roupa ou dobre-as e coloque-as na gaveta.

Faltam quatro minutos. Pegue uma lixeira e vasculhe o quarto atrás de sujeira. Organize papéis de escola na sua escrivaninha em uma pilha e coloque todas as coisas de papelaria arrumadas na sua escrivaninha.

Faltam três minutos. Recolha todos os seus livros, DVDs e jogos e organize-os em prateleiras por ordem de tamanho para que eles pareçam bem organizados. Coloque joias e acessórios em pequenas caixas.

Faltam dois minutos. Recolha pratos, copos e tigelas sujas e leve-os para a cozinha para serem lavados mais tarde (veja Habilidade 68).

Falta um minuto. Chacoalhe o seu edredom, então estique-o na cama e afofe os travesseiros. Coloque o pijama embaixo do travesseiro e afaste-se para admirar o seu quarto arrumado.

HABILIDADE 57

REMOVER MANCHAS

Abaixo estão algumas manchas comuns que costumam estragar as roupas – a menos que você conheça essas soluções espertas contra as manchas:

Mancha: Cola.
O que fazer: Se a cola ainda estiver molhada, mergulhe uma bola de algodão em água morna e pincele a mancha com ela. Se for cola seca, pincele-a com removedor de esmalte, então lave a peça normalmente.

Mancha: Tinta.
O que fazer: Se for num tecido branco, polvilhe sal e então esfregue um limão. Enxágue e lave normalmente. Se for em um tecido colorido, ensope a mancha imediatamente em leite morno, então enxágue e lave normalmente.

Mancha: Chá.
O que fazer: Enxágue a mancha sob água fria. Esfregue detergente de roupas líquido diretamente na mancha, massageando-o no tecido. Continue massageando firmemente por um minuto, então enxágue e lave normalmente. Nunca use sabão em pó, pois ele irá "solidificar" a mancha.

Mancha: Chocolate.
O que fazer: Coloque o objeto no freezer por algumas horas. Tire e raspe o chocolate do tecido com uma faca de manteiga. Esfregue a área com detergente de roupas líquido, então lave o tecido normalmente.

HABILIDADE 58

ABRIR UM POTE DE GELEIA

O pão está quase pronto na torradeira, mas a tampa do pote de geleia está totalmente presa. Tente esses truques para abri-la:

★ Bata ao redor da tampa com o cabo de uma colher de madeira. Essa ação pode ser suficiente para tirar qualquer coisa que esteja mantendo-a fechada.

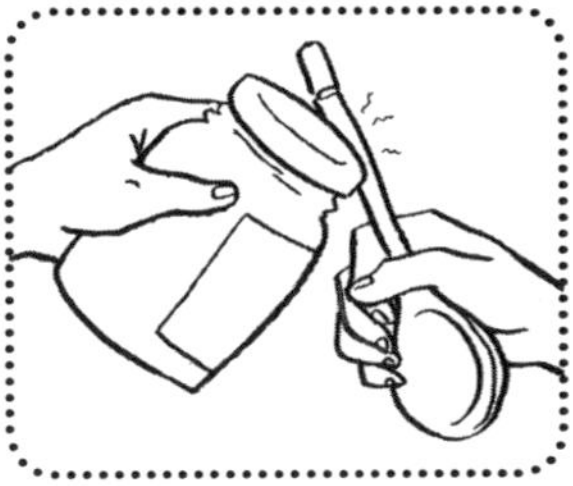

★ Passe o cabo de uma colher de chá por qualquer abertura entre a tampa e o pote. Você pode ouvir um "pop" – isso solta o ar que estiver mantendo a tampa presa.

★ Abra a torneira quente na cozinha e segure o pote de modo que a água escorra pela área da tampa. Após um minuto mais ou menos, feche a torneira, seque o pote com um pano de prato e a tampa deve girar facilmente.

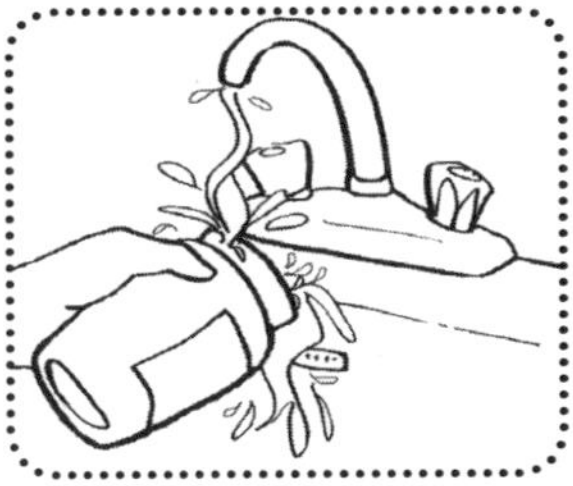

★ Coloque um par de luvas de borracha e tente girar a tampa – você consegue segurar melhor a tampa com as luvas de borracha sem machucar as mãos.

HABILIDADE 59

COLOCAR ROUPAS NA MÁQUINA DE LAVAR

Lavanderia é um talento e tanto – se você errar, sua melhor blusa branca irá sair toda borrada de verde. Siga esse guia e acabe com as preocupações de lavar as roupas:

1. Separe as roupas sujas nas seguintes pilhas:

★ Brancas - procure com cuidado entre as roupas para ter certeza de que não há meias escuras perdidas.

★ Coloridas – inclui tons pastéis e cores brilhantes.

★ Escuras – inclui preto, azul marinho e jeans escuros.

2. Verifique se os bolsos estão vazios. Objetos duros como chaves vão danificar a máquina de lavar roupas, e lenços vão deixar pequenos tufos por todas as roupas.

3. Encontre a etiqueta de cuidados – ela contém as instruções de lavagem. Está normalmente do lado de dentro do tecido, presa à costura. Procure por um símbolo – alguns exemplos estão ao lado.

Estes símbolos te dizem qual temperatura de água os tecidos precisam, ou se você pode lavá-los.

Isso significa que o item precisa ser lavado a 40ºC.

Isso significa que o item precisa ser lavado a 60ºC.

Não lave esse item em máquina de lavar – lave à mão somente em água fria.

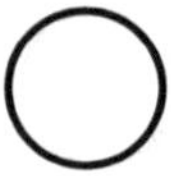

Não lave esse item – somente lavagem a seco

4. Separe os tecidos de cada pilha em grupos que podem ser lavados na mesma temperatura, mantendo-os divididos por cores.

5. Coloque a primeira carga de lavagem dentro da máquina e feche a porta.

6. Abra a gaveta da frente – está normalmente no canto esquerdo superior da máquina – e encha o espaço certo com uma xícara de sabão em pó ou uma tampa de detergente de roupas líquido. Se você usa pastilhas, coloque-as diretamente dentro da máquina.

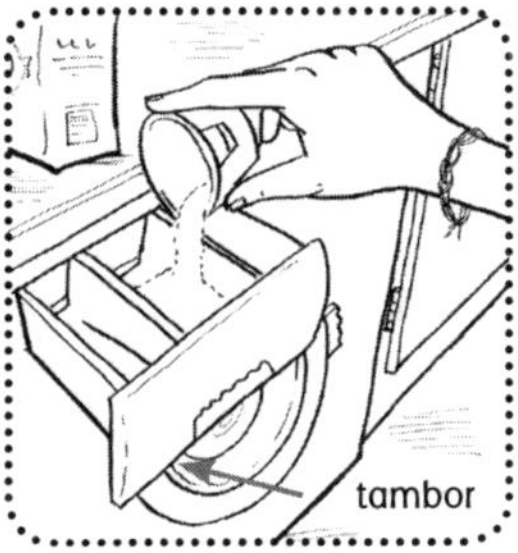

7. Coloque uma tampa de amaciante no espaço especificado na gaveta. Feche a gaveta.

8. Selecione o ajuste correto na máquina de lavar para a roupa que você está lavando. Cada máquina de lavar é diferente, mas haverá um painel de controle na sua máquina de lavar que irá te oferecer diferentes ajustes. Peça ajuda a um adulto se você não souber como selecionar o tipo de tecido que você está lavando.

1. Selecione a temperatura correta.

2. Se houver uma opção para selecionar o tipo de tecido que você está lavando, faça isso agora.

3. Selecione o tipo de lavagem, por exemplo, "LAVAGEM RÁPIDA".

9. Pressione "Iniciar". Quando a lavagem terminar, vá para o Habilidade 63 para descobrir como pendurar as roupas no varal.

FICA ESPERTA!

Lavar roupas em uma temperatura mais baixa que o recomendado não irá estragá-las. Porém, nunca as lave numa temperatura superior – você pode encolhê-las.

HABILIDADE 60

ORGANIZAR A LAVA-LOUÇAS

Se você for sortuda o suficiente para ter uma lava-louças, aprenda como usá-la e diga adeus à lavagem de louças!

PREPARE

1. Jogue qualquer excesso de comida dos pratos ou das tigelas no lixo.

2. Enxágue cada item sob a torneira. Verifique se não há nada preso no ralo e remova os pedaços de comida que você achar.

3. Verifique se os itens que você quer levar à lava-louças podem ser colocados nela – alguns itens plásticos podem derreter e talheres de prata podem ser danificados.

ENCHA DE MANEIRA CERTA

4. As lava-louças são feitas de modo que cada item tenha o seu próprio espaço. Use o diagrama da próxima página para te ajudar a localizar onde as coisas devem ser colocadas.

> **SE LIGA!**
>
> O desenho das lava--louças pode variar. Sempre cheque as instruções da sua máquina antes de colocar as coisas nela.

a. Coloque pratos grandes e médios nas áreas estreitas na gaveta de baixo.

b. Coloque pratos menores nas áreas estreitas da gaveta de cima. Coloque tigelas menores ao longo da lateral da gaveta de cima.

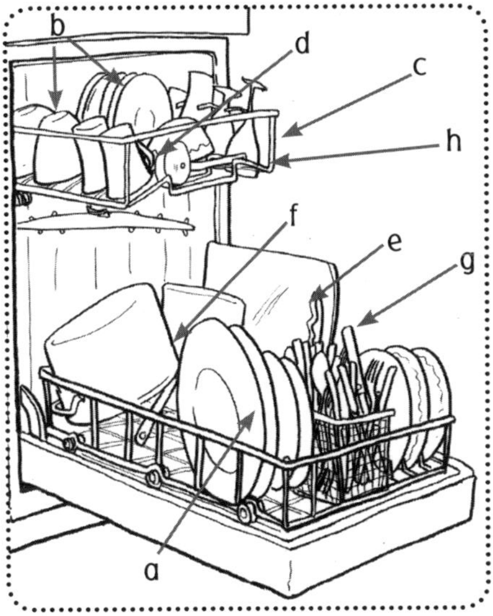

c. Coloque copos de cabeça para baixo entre os espetos ao longo das laterais da gaveta de cima.

d. Coloque canecas de café de cabeça para baixo nos cantos da gaveta de cima.

e. Coloque tábuas plásticas de cortar ao longo das laterais da gaveta de baixo.

f. Potes e panelas devem ser colocados de cabeça para baixo na gaveta de baixo.

g. Coloque todos os talheres no cesto removível. Sempre coloque facas na lava-louças com as lâminas apontando para baixo.

h. Utensílios maiores podem ser colocado retos na gaveta de cima.

LIGUE

5. Certifique-se de que não há itens grandes que irão segurar o "braço de lavagem" – encontrado abaixo da gaveta de cima –, impedindo-o de virar.

6. Coloque o tablete, ou o pó, ou o líquido para lavar a louça no espaço designado – normalmente dentro de uma aba do lado de dentro da porta.

7. Empurre a porta para fechar e selecione o ajuste da lavagem (lavagem rápida, normal e assim por diante). Então espere até que ela termine.

FICA ESPERTA!

Fique bem para trás quando abrir a porta da lava-louças quando acabar a lavagem, porque você pode ficar com o rosto cheio de vapor.

HABILIDADE 61

TIRAR O PÓ COM FACILIDADE

Tirar o pó faz um quarto parecer brilhante e limpo – e também te ajuda a parar de espirrar! Aqui está como tirar o pó de um quarto:

1. Abra todas as janelas do quarto – isso irá permitir que as partículas de poeira voem para fora pela janela aberta, e isso também deixa entrar o ar fresco.

2. Tire todos os objetos das prateleiras, como enfeites, e cuidadosamente coloque-os em uma bandeja no chão.

3. Use um espanador com penas para tirar o pó dos lugares mais altos do quarto – fique em cima de uma cadeira ou da cama para alcançar cantos e abajures.

4. Tire a poeira de todas as outras superfícies, molduras de quadros, rodapés e parapeitos.

5. Esfregue as prateleiras limpas com um pano úmido ou com lustra-móveis. Delicadamente esfregue os enfeites com um pano macio e coloque-os de volta nas prateleiras.

6. Pegue itens como tapetes e almofadas e leve-os para fora para chacoalhá-los e remover o pó, então coloque-os de volta no quarto.

7. Use o aspirador para limpar o chão depois que você terminar de tirar o pó para remover a poeira restante (veja Habilidade 65).

HABILIDADE 62

SEPARAR O LIXO RECICLÁVEL

Faça a sua rotina caseira de reciclagem simples e efetiva – você fará um favor à sua família e ao planeta. Aqui está como:

1. Verifique na prefeitura da sua cidade quais itens são aceitos para reciclagem e quais não são. Descubra em que dia eles são coletados, também.

2. Algumas prefeituras fornecem caixas (ou sacos) para guardar itens recicláveis.

Se a sua prefeitura não fornece, ache uma caixa grande e coloque-a perto do lixo da cozinha.

3. Escreva a lista de itens que podem ser reciclados e cole-a na lateral da sua caixa. Antes de colocar os itens na caixa, você precisa saber como arrumá-los primeiro:

★ Latas, garrafas e potes plásticos precisam ser lavados antes que possam ser reciclados. Use luvas de borracha para fazer isso – irá proteger das suas mãos se os itens quebrarem. Seja cuidadosa com as pontas afiadas as latas. Deixe os itens secarem, então coloque-os na caixa.

★ Dobre caixas de papelão e caixas de cereal para deixá-las planas, e amasse latinhas antes de colocá-las na caixa de reciclagem – isso irá economizar espaço para que você possa colocar mais coisas na caixa.

4. Antes da hora da coleta, leve a caixa para fora e coloque-a na calçada.

HABILIDADE 63

PENDURAR ROUPAS NO VARAL

Se você tem um varal pendurado do lado de fora da sua casa, use-o para ter roupas com um cheiro delicioso. Aqui está como:

1. Escolha um dia ensolarado para secar as roupas, mas fique de olho em nuvens de chuva durante todo o tempo.

2. Leve suas roupas recém-levadas para fora. Vire cada item do avesso – isso irá impedir que as roupas coloridas desbotem e que as brancas fique amareladas.

3. Chacoalhe bem cada um dos seus itens para evitar que eles sequem amassados. Pendure camisetas, camisas e vestidos de cabeça para baixo. Coloque um pregador em cada lado da costura.

4. Pendure calças de cabeça para baixo com um pregador no meio da costura de cada perna.

5. Dobre lençóis e cobertores na metade e pendure-os sobre o varal. Coloque pregadores nas duas pontas.

6. Quando cada peça estiver completamente seca, dobre as roupas de forma organizada para que não amassem, e leve-as para dentro.

HABILIDADE 64

TIRAR A MESA

Que maneira melhor de agradecer aos seus pais após uma refeição deliciosa do que limpar a mesa? Aqui está como fazer isso como uma profissional:

1. Pergunte se todos terminaram de comer. Se tiverem terminado, levante-se e vá até cada um para tirar o prato em vez de tentar alcançá-los atravessando a mesa. Você está menos propensa a derrubar coisas dessa maneira.

2. Com a sua mão boa (aquela com a qual você escreve), pegue um prato e coloque-o na outra mão, repousando-os no antebraço.

FICA ESPERTA!

Não exagere na carga – é sempre melhor fazer várias viagens até a cozinha do que quebrar a louça.

3. Remova os talheres de cada prato, de modo que fiquem em cima da pilha de pratos.

4. Quando você chegar à cozinha, ponha todas as sobras em um prato e jogue-as no lixo.

5. Quando todos os pratos grandes tiverem sido retirados, pegue os outros itens. Pegue um pedaço de papel ou um guardanapo para retirar respingos de comida.

6. Limpe o jogo americano e guarde o sal, a pimenta e os molhos que foram usados.

HABILIDADE 65

ASPIRAR SEU QUARTO

Depois que você arrumou o seu quarto (veja Habilidade 56), por que não aspirá-lo para uma sensação de ainda mais limpeza? Sigas os passos abaixo para descobrir como:

1. Coloque lixeiras, cadeiras, caixas e todas as bagunças para fora do quarto. Se o seu edredom esbarra no chão, coloque-o para cima da cama.

2. Se o seu aspirador de pó tiver um, coloque o bocal de fenda (o acessório comprido e fino) na ponta da mangueira. Aspire os cantos do quarto, levando a ponta de encontro às paredes.

3. Abaixe-se e verifique se há objetos esquecidos embaixo da cama. Quando você tiver removido todos, aspire embaixo da cama.

4. Tire o bocal de fenda. Usando o acessório de escova, aspire o restante do chão do quarto. Comece das laterais mais distantes do quarto e ande em direção à porta, empurrando o aspirador para frente e para trás no carpete com grandes movimentos de varrer.

FICA ESPERTA!

Se o aspirador não estiver funcionando muito bem, pode ser porque está cheio. Peça a um adulto para ajudá-la a esvaziar o saco ou trocá-lo e então volte ao trabalho.

HABILIDADE 66

VARRER FOLHAS

Folhas de outono podem ser ruins para o gramado e parecer uma bagunça. Aqui está como removê-las e acabar com o problema:

1. Pegue um moletom de mangas compridas, um *jeans* velho e um par de luvas de jardinagem – isso vai te proteger de espinhos e pedras que podem estar entre as folhas.

2. Com um ancinho grande, em forma de ventilador, use os dentes para juntar as folhas no chão, fazendo pequenos movimentos na sua direção, para formar pequenas pilhas de folhas.

3. Coloque um lençol velho no chão ao lado da pilha de folhas. Varra as folhas para cima do lençol usando o ancinho.

4. Com cuidado, levante as quatro pontas do lençol, mantendo as folhas presas no meio do lençol, e carregue-as para o lixo. Amarre o lençol na parte de cima e pergunte a um adulto se a prefeitura da sua cidade coleta folhas.

5. Repita os passos 2 a 4 até que todas as folhas tenham sido retiradas do chão.

FICA ESPERTA!

Escolha um dia seco e sem vento para varrer as folhas, você não quer que uma rajada de vento espalhe todas as folhas que você acabou de varrer.

HABILIDADE 67

DOBRAR UM LENÇOL GRANDE

Peça ajuda a um amigo, aos seus pais ou a um irmão e siga esses instruções para dobrar a sua roupa de cama rapidamente, não importa de que tamanho ela seja:

1. Abra o lençol todo e coloque-o em uma superfície grande e plana como uma cama ou uma mesa.

2. Pegue o lençol pelas duas pontas de baixo, peça ao seu amigo para pegar as pontas de cima.

3. Andem os dois alguns passos para trás, segurando o lençol e com seus braços abertos para que ele se estique.

Os próximos passos precisam ser feitos por você e pelo seu ajudante ao mesmo tempo, então a cada passo dê a ele a instrução e acene para dizer: "Vai!"

4. Junte suas mãos de modo que as pontas que você está segurando se toquem.

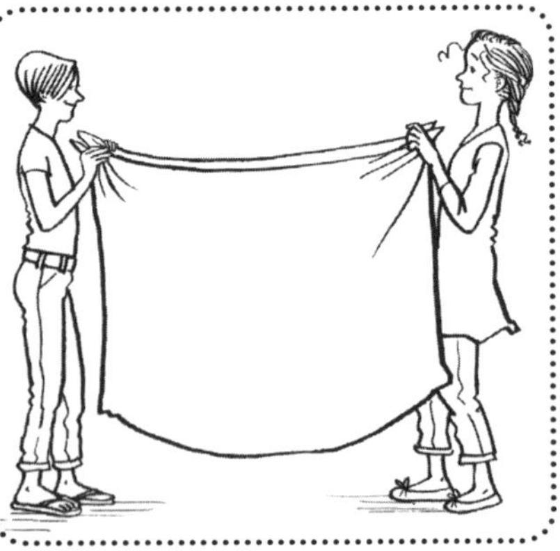

5. Continue segurando as pontas juntas com uma mão só, então tire a sua mão boa (aquela com a qual você escreve) de modo que o lençol fique pendurado por uma ponta só.

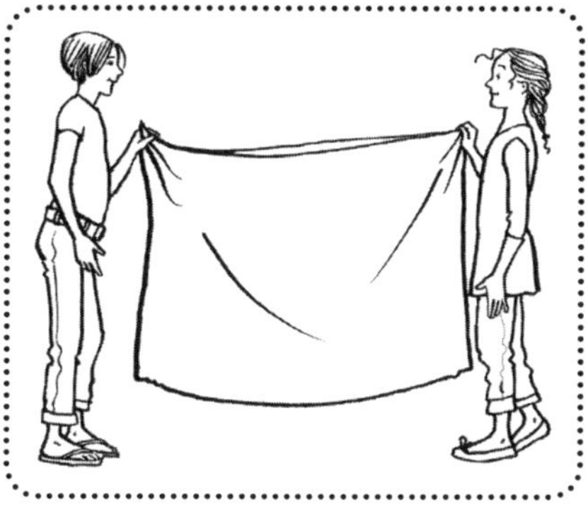

6. Pegue a ponta do lado de baixo da parte que você está segurando. Puxe-a para cima para que o lençol fique estendido. Agora traga essa mão para a mesma altura da outra.

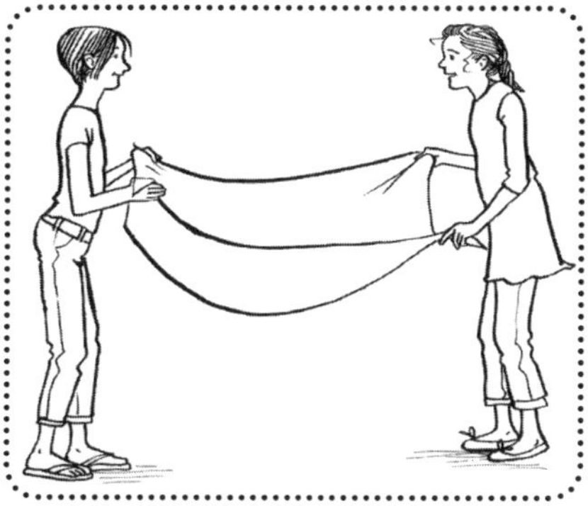

7. Cada um segurando as suas pontas, andem em direção ao outro e encontrem-se no meio para que as mãos de vocês se toquem. Uma pessoa pega as duas pontas de cima e a outra as pontas de baixo.

8. Andem para trás novamente para esticar o lençol dobrado e repita os passos 5 a 7 até que o lençol esteja dobrado o suficiente para ser guardado.

HABILIDADE 68

LAVAR A LOUÇA

Siga esses passos para ter louças brilhando de tão limpas:

1. Coloque luvas de borracha – elas protegem as suas mãos dos efeitos ressecadores da água morna com detergente.

2. Encha pela metade a pia ou a bacia com água quente (certifique-se de que não esteja muito quente ou você irá queimar as suas mãos). Adicione um pouco de detergente.

3. Lave copos e canecas primeiro pois eles precisam da água mais quente. Esfregue para limpar do lado de dentro e de fora, dando atenção especial às bordas.

4. Coloque os talheres na pia, então use uma esponja ou um pano para limpá-los individualmente. Enxágue-os sob a torneira quente e deixe-os secar com lâminas e dentes apontando para baixo no porta-talheres. Tenha cuidado extra quando estiver manuseando facas afiadas.

5. Limpe os pratos e as tigelas usando a esponja ou o pano. Se a água estiver ficando turva, jogue-a fora e coloque água nova, adicionando um pouco de detergente.

6. Usando uma esponja grande, tire qualquer comida incrustada em panelas e potes. Enxágue e coloque-os de cabeça para baixo no escorredor.

FICA ESPERTA!

Deixe a louça secar naturalmente (não precisa de pano de prato) se você tiver espaço – essa é a maneira mais higiênica de fazer isso. Dê polimento para copos e talheres quando estiverem secos.

HABILIDADE 69

ARRUMAR A MALA

Aqui está como guardar tudo o que você precisa para o feriado de forma organizada na sua mala:

1. Escreva uma lista de tudo o que você quer levar – você pode riscar cada item depois de colocá-lo na mala. Por exemplo, em cada dia, você precisa de roupas de baixo, um shorts, uma saia ou calças, uma blusinha ou camiseta, e outra camiseta para noite, mais uma blusa. Leve roupa de banho se for para a praia ou para a piscina, e pares de sapatos suficientes para a viagem.

2. Abra a sua mala e coloque-a na sua cama. Coloque todos os itens que você quer levar na cama.

3. Dobre itens maiores e que não amassam primeiro, como toalhas, *jeans*, blusas e Cardigans e coloque-os na mala. Enrolar os itens faz com que eles ocupem menos espaço se você tem pouco. Dobre itens delicados como blusinhas e coloque-os em cima dos itens mais pesados.

4. Coloque sapatos e chinelos ao longo das laterais da mala com as solas para a borda da mala.

5. Coloque as coisas de banheiro dentro de um saco plástico, caso eles vazem.

FICA ESPERTA!

Se você for viajar de avião, leve uma troca de roupa de baixo, uma escova de dente e uma blusinha na sua bagagem de mão, caso haja um imprevisto.

HABILIDADE 70

LIMPAR JANELAS

Limpar janelas é um daqueles talentos muito legais de dominar e uma daquelas tarefas que mais vai impressionar seus pais. Aqui está como deixar os vidros perfeitos:

SE LIGA

Fique com as janelas do andar de baixo. Deixe as janelas altas e difíceis de alcançar para os profissionais.

1. Lave as janelas em um dia nublado – a luz do sol pode secá-las muito rápido e formar manchas.

2. Coloque as luvas de borracha e encha um balde pela metade com água morna. Adicione boas quantidades de vinagre destilado e mexa bem.

3. Comece com o lado de fora das janelas. Molhe um pano na água e esfregue a janela de um lado para outro e depois de cima para baixo.

4. Use um rodinho – um menor que os normais específico para janelas – para tirar todo o excesso de água. Passe-o de cima para baixo na janela, em um movimento de zigue-zague, de um lado para o outro.

5. Use um pano seco, macio e limpo para secar o vidro e fazê-lo brilhar. Esfregue por toda a janela em movimentos circulares.

6. Coloque folhas de papel embaixo do lado de dentro das janelas da casa para não molhar o chão.

7. Repita os passos 3 a 5 do lado de dentro do vidro.

HABILIDADE 71

DOBRAR UMA CAMISETA

Mantenha a sua gaveta de camisetas em ordem com essa técnica ótima para dobrar camisetas:

1. Estenda a camiseta, com a frente para baixo em uma superfície plana. Passe a mão por ela para esticá-la e tirar amassados.

2. Dobre um lado sobre a costura do ombro em direção ao meio da camiseta.

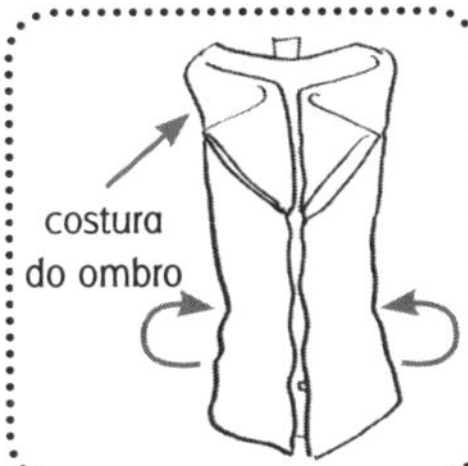

3. Repita com o outro lado. Dobre as duas mangas para trás, por cima delas mesmas para que elas venham em direção às laterais da camiseta.

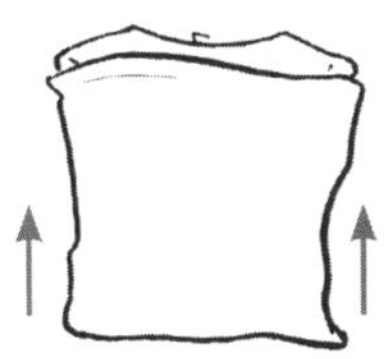

4. Puxe a metade de baixo da camiseta até que a costura de baixo toque a parte de baixo do colarinho.

5. Com cuidado, vire a camiseta dobrada ao contrário e coloque-a organizada na sua gaveta de camisetas.

FICA ESPERTA!

Enquanto camisetas podem ser dobradas e guardadas, sempre pendure vestidos no seu guarda-roupa para evitar que amassem. Use um cabide por peça e feche alguns botões da parte de cima das saias ou blusas para que elas não caiam do cabide. Dobre calças ao meio (uma perna em cima da outra) e pendure-as em um cabide no seu guarda-roupa.

HABILIDADE 72

COLOCAR A CAPA NO EDREDOM

Colocar uma capa de edredom não significa que você precisa se enrolar toda. Siga o método abaixo para descobrir como deixar a sua cama maravilhosa:

1. Retire a capa suja e coloque-a no cesto de roupas sujas.

2. Coloque a capa limpa esticada no chão e vire-a do avesso.

3. Coloque suas mãos dentro da capa de edredom até que você possa alcançar as duas pontas mais afastadas da abertura.

4. Segure essas pontas com força, uma em cada mão. Suas mãos devem agora estar cobertas pela capa.

5. Pegue as duas pontas do edredom com as suas mãos que estão dentro da capa, conforme mostrado.

6. Segure as pontas do edredom e da capa no ar e chacoalhe bem até que a capa chegue à parte de baixo do edredom.

7. Feche os botões na parte de baixo do edredom.

HABILIDADE 73

LIMPAR O CHÃO

Aqui está como fazer a sua cozinha brilhar sob os seus pés:

1. Tire todas as coisas que você puder carregar como lixeiras e cadeiras da cozinha, então aspire a área que você quer limpar (veja Habilidade 65).

2. Encha um balde pela metade com água. Pegue luvas de borracha, então coloque a quantidade correta de produto para limpar o chão de acordo com as instruções da caixa.

3. Mergulhe o esfregão no balde e tire o excesso de água. Se você tiver um esfregão de esponja, puxe a alavanca para baixo para retirar o excesso de água. Se for um esfregão comum, use as mãos para torcê-lo em cima do balde.

4. Comece a limpar nos pontos mais distantes da porta e volte em direção a ela – dessa maneira você não irá precisar andar em cima dos lugares que já limpou.

FICA ESPERTA!

Se o seu esfregão for do tipo comum, faça movimentos em forma de "oito" para limpar o chão. Se for um esfregão de esponja, limpe em linhas retas.

5. Mergulhe o esfregão novamente no balde para limpá-lo, torcendo-o bem todas as vezes. Jogue a água fora se ela ficar turva e coloque mais água quente limpa e produto de limpeza.

6. Proíba pessoas e animais de entrar no local até que o chão esteja completamente seco.

PRONTA PARA EMERGÊNCIAS

HABILIDADE 74

LIGAR PARA OS SERVIÇOS DE EMERGÊNCIA

Pode haver um dia em que você precise chamar a polícia, a ambulância ou os bombeiros. Aqui está como conseguir ajuda rapidamente e de forma eficiente:

1. Segurança primeiro. Se há fogo, saia. Você precisa chegar até a rua e se certificar de estar em um lugar seguro e longe do fogo.

2. Ligue 190. É de graça ligar para 190 de celulares, telefones fixos e orelhões. Um operador irá te perguntar de que número você está ligando. Se a linha cair, eles irão ligar para você de volta.

3. Polícia, fogo ou ambulância? Para a polícia disque 190, para os bombeiros, 193, e, para chamar uma ambulância 192.

4. Onde você está? O operador irá te perguntar o endereço e o CEP de onde você está. Se você não obter o endereço completo, procure pelo nome da rua ou um ponto de referência como lojas ou um bar. Se você estiver numa casa com outras pessoas, peça a alguém para esperar do lado de fora e sinalizar para os serviços de emergência. Deixe a porta da frente aberta – isso irá economizar tempo quando os serviços de emergência chegarem.

5. Explique claramente. Muitas perguntas serão feitas a você. Se alguém se machucou, você pode ouvir perguntas como "A pessoa ainda está respirando?" Eles então vão te instruir sobre o que fazer até que a ajuda chegue. Você pode precisar ficar na linha até que eles cheguem a você.

SE LIGA!

Nunca ligue para 190, 192 ou 193 a menos que haja uma emergência – você pode colocar a vida de outras pessoas em risco.

HABILIDADE 75

MANTER-SE SEGURA EM UM INCÊNDIO

Se um incêndio acontecer na sua casa, siga essas regras:

1. Fique calma. Reagir de forma calma e sensata irá te ajudar a estar segura o mais rápido possível.

2. Saia. Saia do local e ande até um lugar seguro longe do fogo. Não leve nada com você – isso pode te atrasar. Não corra – você pode tropeçar e ficar presa do lado de dentro. Nunca use o elevador – ele pode quebrar em razão do fogo.

3. Aviso de porta quente. Quando estiver andando para sair, coloque a mão nas portas antes de abri-las. Se a porta está quente, pode haver fogo do outro lado, então não abra a porta. Pegue uma rota alternativa para sair.

4. Fique abaixada. Se há muita fumaça, engatinhe enquanto se move – o ar é mais limpo na parte de baixo. Se você puder, cubra sua boca e seu nariz com um pano úmido. Isso vai fazer com que o ar fique mais limpo para respirar.

5. Ligue 192. Assim que você sair do local, ligue para os serviços de emergência (veja Habilidade 74).

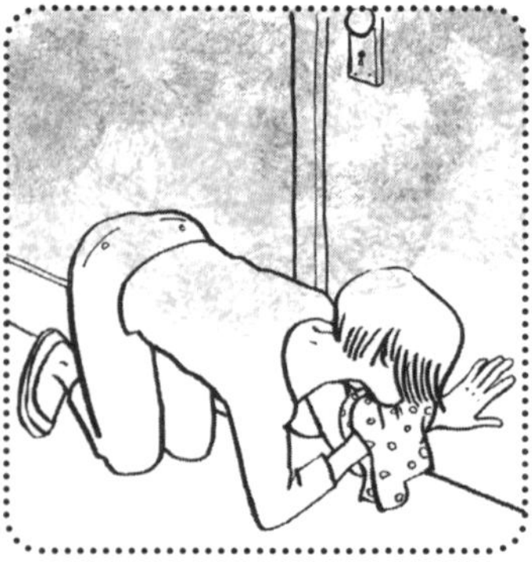

SE LIGA!

Nunca volte para um prédio até que os bombeiros digam que é seguro.

HABILIDADE 76

ATRAVESSAR A RUA EM SEGURANÇA

Encontre um lugar seguro para cruzar a rua, como um semáforo ou uma faixa de pedestres, então siga as regras abaixo:

Pare pouco antes de chegar ao meio-fio.

Olhe nas duas direções procurando por veículos que estejam se aproximando. Procure motos e bicicletas também!

Escute com cuidado todos os barulhos de motor. Nunca tente cruzar a rua se você puder ouvir um barulho de carro à distância – é difícil julgar quão rápido ele vai chegar.

Chegue viva. Quando for seguro atravessar, ande pela rua em linha reta. Não enrole ou brinque no meio da rua – isso pode te custar a vida.

Nunca cruze no topo de um morro, entre carros estacionados ou numa esquina em que você não consegue ter uma boa visão. Procure um semáforo ou uma faixa de pedestres em vez disso.

FICA ESPERTA!

Certifique-se de estar visível à noite usando roupas claras e brilhantes, ou um boné claro. Você pode até mesmo colocar adesivos luminosos na sua mochila.

HABILIDADE 77

AMARRAR UMA TIPOIA

Mostre os seus talentos de enfermeira amarrando uma tipoia para apoiar um braço machucado. Aqui está como:

1. Para fazer uma tipoia, ache um pedaço de tecido quadrado grande e um alfinete. Dobre o tecido ao meio, na diagonal, para fazer um triângulo.

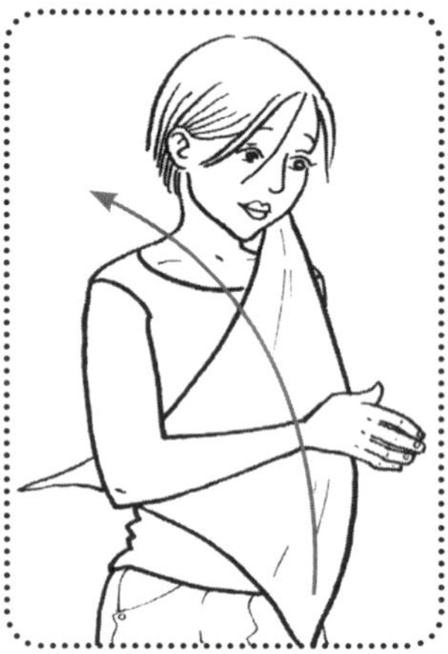

2. Peça ao paciente para dobrar o braço machucado e segurá-lo junto ao peito.

3. Coloque o triângulo atravessado na frente do corpo dele, sob o braço machucado. O lado mais largo do triângulo deve estar perto dos dedos do paciente, com uma das pontas sobre o ombro.

4. Traga a ponta de baixo por cima do braço machucado e na direção do ombro. Delicadamente amarre as pontas juntas atrás do pescoço do paciente com um nó duplo.

5. Veja se a tipoia não está muito apertada e se o pulso do paciente está apoiado. Você deve poder ver os dedos saindo do tecido como mostrado aqui.

6. Dobre qualquer pedaço de tecido que sobrar perto do cotovelo e cuidadosamente prenda com o alfinete.

HABILIDADE 78

MEDIR A PULSAÇÃO

Medir a pulsação é um talento de primeiros socorros muito útil para aprender, porque ela te fala quão rápido o coração de uma pessoa machucada está batendo. Leia abaixo para descobrir como medir a sua própria pulsação:

1. Coloque uma das mãos para cima, com a palma para cima e o braço relaxado.

2. Coloque os dedos indicador e médio da outra mão juntos e delicadamente pressione seu pulso na base do dedão.

Você deve conseguir sentir o seu pulso "batendo" – isso é na verdade o sangue se movendo sob a pele.

FICA ESPERTA!

Se você não conseguir achar a pulsação no seu pulso, tente achá-la no pescoço usando os dedos.

3. Depois de achar o seu pulso, você pode verificar a frequência em que o seu coração está batendo. Para fazer isso, você vai precisar olhar um relógio com marcador de segundos. Quando o ponteiro dos segundos chegar ao 12, comece a contar quantas vezes o seu pulso bate. Pare quando o ponteiro chegar ao seis, então multiplique o valor por dois para descobrir quantas vezes o seu pulso bate por minuto.

O que é normal? O batimento cardíaco de um coração em repouso (seu batimento quando você acabou de acordar) pode ser algo entre 60 e 100 batidas por minuto para crianças. Se o seu batimento cardíaco te preocupar, converse com um adulto.

HABILIDADE 79

AGIR QUANDO ESTIVER PERDIDA

Se você se separar dos seus amigos durante em um passeio, siga essa regras:

FICA ESPERTA!

Anote os números dos celulares do seu pai e da sua mãe e de alguns amigos também. Mantenha-os com você o tempo todo e um cartão telefônico.

1. Não entre em pânico. Respire profundamente por alguns momentos – isso irá te acalmar e te ajudar a pensar claramente.

2. Se você tiver um ponto de encontro combinado onde seus amigos podem procurar por você, vá direto para lá.
Senão, continue no passo 3.

3. Encontre um lugar seguro para esperar, como uma padaria. Ligue para seus amigos ou sua família para avisá-los de onde você está. Não fique andando procurando pelos seus amigos – é muito mais seguro ficar num lugar público com bastante gente.

4. Se não houver nenhum lugar seguro para esperar, ou se não conseguir ligar para ninguém, fale com um adulto responsável, como um policial ou o gerente de uma loja sobre o que aconteceu e peça que eles contatem a sua família.

SE LIGA!

Nunca entre em um carro com um estranho ou saia de lugares públicos com alguém que você não conheça, mesmo que digam que vão te levar para casa.

HABILIDADE 80

TRATAR UMA PICADA DE ABELHA

Ah, o verão é tão bom para brincar ao ar livre... até que uma abelha acabe com a sua diversão com uma picada dolorida! Aqui está como tratar isso:

1. Primeiro você precisa remover o ferrão que a abelha deixou embaixo da sua pele.

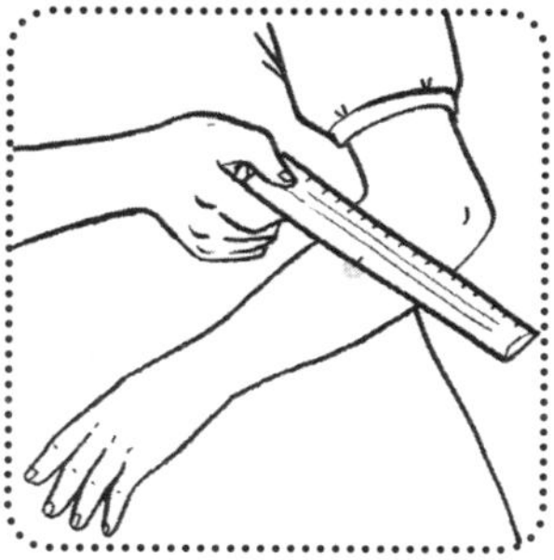

Ferrões de abelha têm pequenos ganchos chamados rebarbas que podem ficar presos na sua pele se você simplesmente puxar.

Para evitar isso, utilize a lateral de uma régua ou de um cartão de banco em um movimento de gancho através da picada para gradualmente remover o ferrão.

2. Lave a área com água e sabão e seque delicadamente.

3. Enrole alguns cubos de gelo ou um saco de gelo em uma toalha e enrole-a ao redor da área afetada.

4. Descanse a área que foi afetada e levante-a se puder – isso vai reduzir o inchaço.

SE LIGA!

Se seus olhos, sua língua ou seus lábios incharem, ou se você se sentir mal ou se ficar difícil para respirar, você pode ser alérgica à picada. Peça ajuda a um adulto imediatamente.

HABILIDADE 81

TRATAR UM CORTE OU ARRANHÃO

Ter uma vida divertida significa que você pode ter que lidar com cortes e arranhões às vezes. Aqui está como limpá-los rapidamente e de forma higiênica:

SE LIGA!

Se o corte for profundo ou maior que 1cm, procure um médico imediatamente.

LIMPE

1. Lave suas mãos com água e sabão e seque bem.

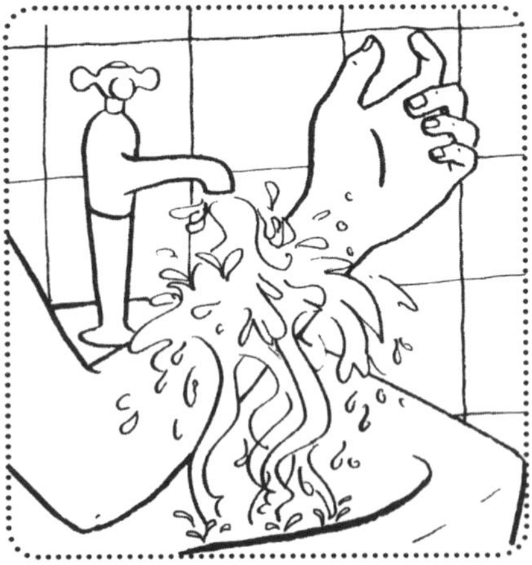

2. Enxágue a área afetada sob água corrente morna.

3. Se houver fragmentos de pedra ou sujeira no corte ou arranhão, peça ajuda a um adulto.

4. Use uma toalha limpa para secar a área sem esfregar. Se a área ainda estiver sangrando, aplique uma ligeira pressão para estancar usando um pano limpo – isso irá diminuir o fluxo de sangue até estancar.

5. Se o corte ou o arranhão continuar a sangrar, levante a área afetada – isso deve parar o sangramento.

6. Quando o sangramento parar, aplique um pouco de pomada antisséptica na área usando um dedo limpo.

CUBRA

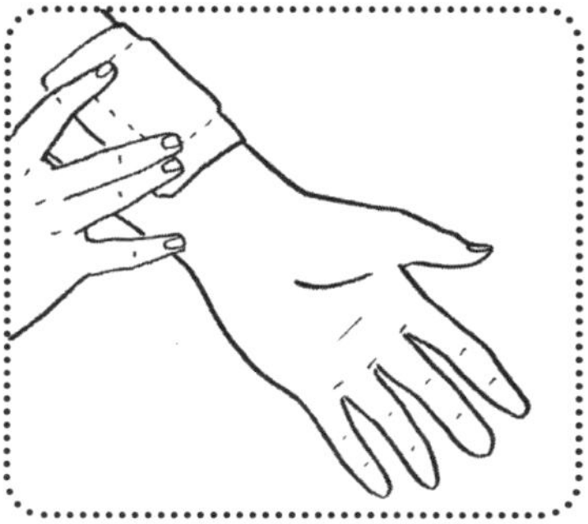

7. Escolha uma atadura com cobertura absorvente que seja grande o suficiente para cobrir toda a área do corte.

8. Coloque-a sobre o corte e delicadamente pressione as áreas adesivas para mantê-la no lugar.

SE LIGA!

Se o sangue jorrar através do primeiro curativo, coloque outro em cima dele. Se o sangue jorrar através do segundo curativo também, tire os dois, coloque curativos novos e procure um médico imediatamente.

FICA ESPERTA!

Se você não tiver uma atadura grande o suficiente para cobrir o corte, você pode cobrir a área usando um curativo não felpudo em vez disso. Use um alfinete para segurar o curativo no lugar.

HABILIDADE 82

ACABAR COM CÃIBRAS

Cãibras podem te pegar de surpresa e podem ser muito doloridas. Leia a seguir para descobrir tudo sobre elas e como exterminá-las pela raiz:

O QUE É A CÃIBRA?

★ Cãibra é um espasmo muscular. Pode durar alguns segundos ou muitos minutos. Normalmente ocorre quando os músculos estão cansados, então é mais comum quando você está se exercitando. Mas às vezes ela aparece em outros momentos também, como quando você está dormindo... ai!

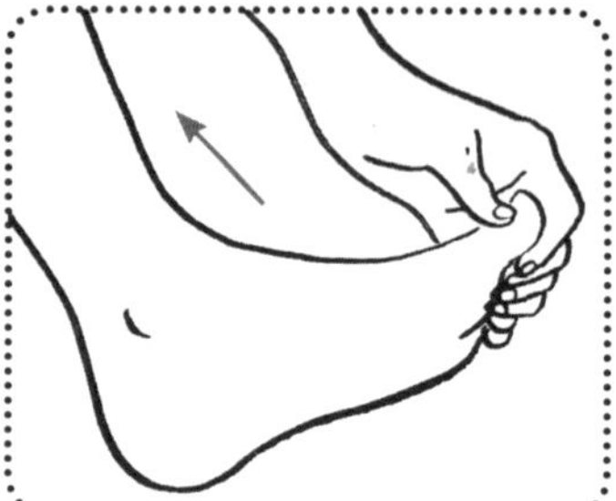

CÃIBRA NA PERNA

Se a cãibra for na perna, tire o sapato e flexione o pé para cima em direção ao seu queixo, como mostrado aqui. Isso irá esticar os músculos da perna e acabar com a cãibra.

CÃIBRA NO BRAÇO

Levante o braço afetado acima da cabeça e dobre-o. Use a outra mão para puxar delicadamente o braço para baixo, atrás da cabeça, pressionando seu antebraço bem abaixo do cotovelo.

CUIDADOS PÓS-CÃIBRA

★ Descubra o que está causando a cãibra – por exemplo, uma dor na mão por escrever por muito tempo, ou no braço de jogar tênis. Quando você descobrir a causa, dê uma pausa!

★ Massageie a área onde a cãibra aconteceu aplicando pressão com a mão, movendo-a em pequenos círculos.

PREVENINDO CÃIBRAS

Alongar seus músculos antes de se exercitar previne que as cãibras aconteçam. Aqui está como alongar as pernas:

1. Coloque a palma das mãos planas contra uma parede. Fique de pé e dê um passo largo para trás com o pé direito, movendo o peso sobre a perna esquerda. Mantenha o pé direito plano no chão e estique a perna até que você possa sentir o estiramento no músculo. Fique nessa posição até contar até dez.

2. Em seguida, traga o pé direito para cima até que o calcanhar do seu sapato toque a parte de trás da sua coxa. Segure seu calcanhar nessa posição e conte até dez. Repita os passos 1 e 2 com a outra perna.

FICA ESPERTA!

Cãibras geralmente acontecem devido à desidratação, então beba muita água ou isotônicos antes e depois de se exercitar. Comer uma banana por dia também ajuda a prevenir as cãibras.

HABILIDADE 83

ESTANCAR UMA HEMORRAGIA NASAL

Se o seu nariz começar a sangrar, siga os passos abaixo para fazê-lo parar assim que ele começar:

1. Coloque um balde vazio em frente a uma cadeira.

2. Sente-se na cadeira e incline-se para frente para que o seu nariz fique bem acima do balde, assim o sangue cairá nele.

3. Aperte firmemente a parte mais macia do nariz – acima das narinas e abaixo da cartilagem – com seu dedão e o seu dedo indicador. Respire pela boca.

4. Fique nessa posição de 10 a 15 minutos. O sangramento deve parar durante esse período.

5. Evite assoar o nariz ou se inclinar para frente por algumas horas depois que o sangramento parar.

FICA ESPERTA!

Para evitar que seu nariz sangre, somente assoe o seu nariz quando precisar e nunca faça muita força.

SE LIGA!

Se o sangramento não parar após 30 minutos, ou se você começar a se sentir mal, procure um médico imediatamente.

HABILIDADE 84

DESENGASGAR UMA PESSOA

Aprenda o que fazer se uma amiga se engasgar e você poderá realmente salvar uma vida algum dia:

1. Se ela ainda puder falar e respirar, diga a ela para continuar tentando limpar a garganta sozinha tossindo. O objeto deve sair da boca ou da garganta dela, se isso não funcionar vá para o passo 2.

2. Explique que você vai tentar remover o bloqueio dando cinco pequenos socos nas costas dela.

SE LIGA!

Se a pessoa que está engasgada não puder falar ou respirar, ligue para 192 (veja Habilidade 74) e procure um adulto imediatamente – não tente lidar com isso sozinha.

3. Fique atrás dela e incline-a para frente um pouco. Dê cinco pequenos socos nas costas dela, entre as escápulas, usando a região da mão perto do pulso.

Pare após cada golpe para ver se o bloqueio saiu.

4. Se o bloqueio ainda não saiu, ligue para 192 imediatamente (veja Habilidade 74).

HABILIDADE 85

SOCORRER ALGUÉM

Se você encontrar com alguém que está inconsciente, ligue 192 imediatamente (veja Habilidade 74) e diga ao operador que você precisa de uma ambulância. O operador pode te pedir para colocar a pessoa na "posição de recuperação" – a mais segura para o corpo ficar até que a ajuda chegue.

Esteja pronta para uma emergência real e pratique colocando uma amiga na posição de recuperação:

1. Ajoelhe-se perto da amiga que está fingindo estar ferida.

2. Coloque o braço dela que está mais perto de você em forma de "L" com as costas da mão dela no chão.

3. Coloque a palma da sua mão na outra mão dela e mova-a para cima de modo que as costas da mão dela estejam contra o rosto dela. Mantenha a sua mão lá.

4. Com a sua outra mão, puxe o joelho dela que está mais longe de você para cima, de maneira que ele se dobre, com o pé no chão.

5. Segurando o joelho dobrado dela, role o corpo dela na sua direção, para que ela agora fique deitada de lado, como mostrado aqui.

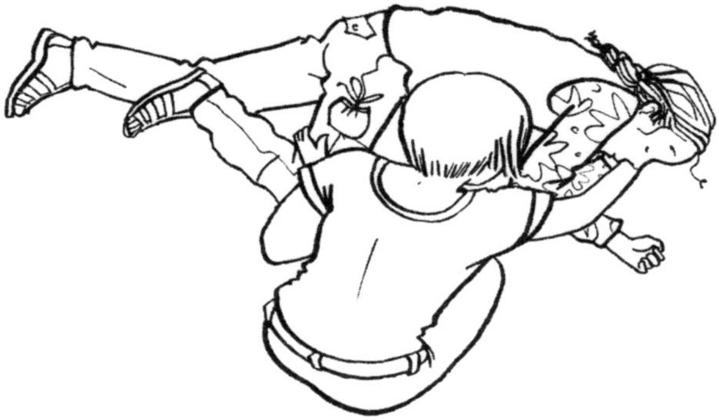

6. Delicadamente remova a sua mão debaixo do rosto dela e incline a cabeça dela um pouco para trás.

7. Levante o queixo dela para que ela possa respirar facilmente, fique com ela até que ambulância chegue.

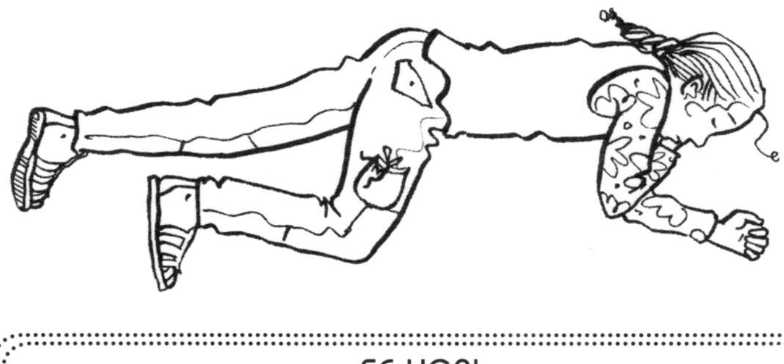

SE LIGA!

Nunca coloque pessoas machucadas na posição de recuperação a menos que você tenha sido instruída para isso por um profissional médico ou um operador do 192. Se a pessoa machucou a coluna, por exemplo caindo, colocá-la na posição de recuperação pode causar mais lesões.

HABILIDADE 86

REMOVER UMA FARPA

Farpas são pequenos pedaços de madeira que se infiltram na sua pele. Aqui está como remover uma:

1. Lave suas mãos e também a área ao redor da farpa.

2. Fique embaixo de uma luz ou numa janela e use uma lupa ou um espelho para identificar exatamente onde a farpa está. Quando você a localizar, use uma pinça limpa para tirar delicadamente a farpa.

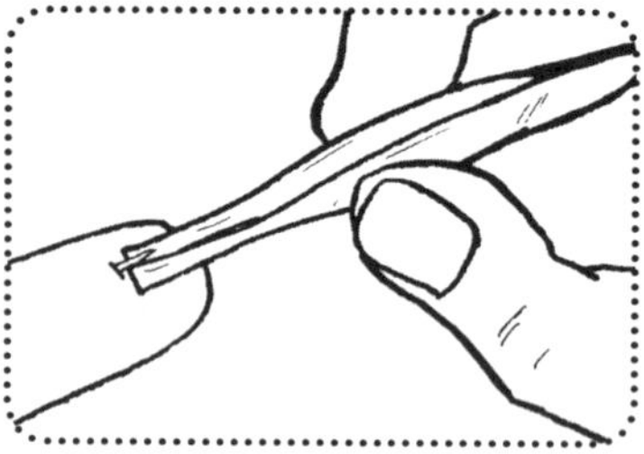

Para fazer isso, pressione a pinça bem abaixo de onde a farpa está saindo. Segure a ponta da farpa firmemente com os dois lados da pinça e puxe na direção oposta a que ela entrou.

Não pressione para baixo diretamente na farpa – isso pode empurrá-la mais fundo na sua pele.

3. Depois de você remover a farpa, lave e limpe a área toda com antisséptico.

FICA ESPERTA!

Se a farpa não estiver saindo, tome um banho quente – o vapor irá abrir os poros – e então tente novamente. Se ainda assim não sair, peça ajuda a um adulto.

TAMBÉM DISPONÍVEL...

Tudo o que você precisa saber em apenas um livro! Divirta-se por horas dominando dicas para todas as situações que uma garota enfrenta. Como fazer as unhas? Como ser aprovada em todas as matérias? Como fazer das suas festas as melhores da turma? Aprenda jogos e truques que farão de você a menina mais popular!

Este livro fòi composto
em Badger para a Leya em
janeiro de 2011.